Robert Walser est né en 1878 à Bienne, en Suisse. Issu d'une fratrie de huit enfants, il quitte très jeune le domicile familial pour voyager. Il s'essaye rapidement à la poésie, son premier recueil sera publié en 1904. C'est à Berlin qu'il connaît ses premiers succès, suscitant l'admiration des plus grands auteurs de l'époque : Franz Kafka, Robert Musil ou encore Walter Benjamin. Entre Berlin, Bienne et Berne, sa carrière d'écrivain a duré trente-cinq années pendant lesquelles il a écrit près de trente romans. Il meurt le jour de Noël 1956, au cours d'une promenade dans la neige.

Robert Walser

VIE DE POÈTE

NOUVELLES

Traduites de l'allemand
par Marion Graf

Préface de Philippe Delerm

Éditions Zoé

La Fondation Pro Helvetia a soutenu la traduction de ce livre.

TEXTE INTÉGRAL

TITRE ORIGINAL
Poetenleben

ISBN 978-2-7578-1685-1
(ISBN 2-88182-565-6, 1re publication)

Préface

Robert Walser, c'est une chanson. On est pris ou non par le ton, le timbre de la voix, le rythme. Pas besoin de réfléchir cent sept ans pour savoir si le thème du récit, sa construction doivent recevoir notre adhésion. On part avec Walser en vadrouille, à pied et d'un bon pas, ou bien on renonce d'emblée à la balade. Il nous propose d'aller voler des poires en sa compagnie, et dans cette invitation désinvolte passe le souffle d'une liberté mais aussi le reflet d'une mélancolie et d'une solitude. L'élan donne le change – le droit vous est donné de sentir ou non la fêlure sous l'enjouement. Quand Walser réunit, en 1917, les petites proses qui constituent *Vie de poète*, il insiste sur la cohérence du recueil, comme l'on fait toujours en cas d'éparpillement maximal à justifier. De fait, il semble bien que la succession de ces fragments suive à peu près le cheminement biographique de l'auteur – mais ce genre de rigueur est bien la dernière des raisons que l'on invoquerait pour faire aimer la chanson de Walser. Ces vingt-cinq textes ont tous été publiés auparavant dans des journaux ou des revues. On a du mal, quand on les lit, à les considérer comme alimentaires, ou bien peut-être devrait-on donner à cet adjectif un sens nouveau : il s'agirait plutôt d'alimenter une pauvreté vagabonde, juste ce qu'il faut pour conserver une minceur dynamique et fuir l'univers confiné des salons littéraires : « Un instinct me poussait hors de tous ces salons où régnaient les raffinements et les excusez-moi mon cher, me poussait dehors, à l'air libre, où régnaient le vent, le gros temps et les gros mots, les manières brusques, bourrues, et toutes les rudesses et les grossièretés. »

Il y a une humilité ostentatoire de la part de Walser à revendiquer les rudesses et les grossièretés. Tout dans son univers traduit au contraire une espèce d'aristocratie du vagabondage. Mais l'obsession du dehors traverse indéniablement tout le recueil, moins en quête d'une consolation ou d'une fuite que comme en chasse d'un territoire d'écriture subtil dont il faut savourer les énigmes : « La nature, mon cher frère, est grande d'une façon tellement mystérieuse et tellement inépuisable qu'au moment même où l'on s'en réjouit, on en souffre déjà. » L'enthousiasme fait penser parfois à Walt Whitman, mais Walser se garde bien de tomber dans un lyrisme prophétique. Un rapprochement littéraire plus fondé serait à faire avec le Knut Hamsun du cycle romanesque évoquant le demi-vagabond Pedersen. Quand ce dernier quitte une ferme où il a été employé, on se rend compte qu'il est amoureux fou de la cuisinière, mais rien dans leurs rapports n'en avait trahi le moindre signe. Cette façon de célébrer le réel avec un constant décalage est bien aussi celle du narrateur à la fois changeant et immuable de *Vie de poète* : tout est vécu à la première personne, mais ce « je » garde un secret insaisissable. Une parenté un peu plus acrobatique serait à opérer avec un autre « fou chantant », né à Narbonne quatre ans avant que Robert Walser ne réunisse les textes du présent recueil. Nul doute que Walser eût fait ses délices de ce quatrain qu'écrirait un jour Charles Trenet :

Il y avait des fraises
Des côt'lettes d'agneau
Une atmosphère Louis XIII
Du vin chaud.

Pour ce qui concerne ses découvertes gastronomiques de hasard, Walser écrit dans *La Tante* : « J'entrai dans l'auberge la plus proche où je me fis apporter et servir un joli dîner, sain, bon, copieux, brave, gentil, vaillant, léger. » En fait de surcharge pondérale, on voit là que Walser n'est pas chien avec l'adjectif, dont il encourage l'abondance avec une effronterie palpable, comme s'il guettait d'un sourire ironique une réaction offusquée. « Le pays tout alentour est si beau, si vert, si avenant et séduisant, si doux et délicieux dans sa moelleuse douceur. » Et le plus étonnant est que cela passe, à son époque mais peut-être plus encore dans la nôtre, pourtant si chatouilleuse sur l'idée d'un politiquement correct du style désossé, sujet, verbe, complément, point barre. Il est vrai que l'adjectif de Walser n'a rien de sirupeux ni de languide. Il en repasse sans cesse une couche avec une bonhomie potache. Chacune de ses phrases semble nous dire : « Regarde comme mon adjectif est vif et bien portant, tu n'es qu'un rabat-joie si tu ne veux pas chanter avec moi. » C'est une cadence plus sophistiquée qu'il n'y paraît, dynamisée par des « Voyons un peu ! » et des « Cela me passe par la tête », un rythme de la bonne humeur et de la légèreté.

Davantage que le but de toutes ces promenades champêtres auxquelles nous sommes invités, compte en effet l'habillement du promeneur, toujours décrit au vol, mais avec une constance dont l'enjeu saute bientôt aux yeux : pour Walser et dans *Vie de poète* en particulier, l'habit est la métaphore du style. « Malgré la saison froide, j'avais choisi une tenue toute mince et légère ; m'encombrer peureusement d'étoffes lourdes et épaisses m'eût paru une gêne désagréable, une peine superflue. » Même insistance sur l'excessif minimalisme de son accoutrement quelques pages plus loin : « Mon costume se composait d'un pantalon vert chasseur et d'une blouse bleu et blanc. Cette dernière eût mieux convenu pour l'été, à vrai dire ; mais en ce qui concerne ce genre de détails, je n'ai jamais été regardant. » Jamais regardant ? Voire. Une coquetterie est là, qui va parfois jusqu'à arborer « un costume jaune paille tout débraillé, des souliers de danse et un chapeau délibérément hideux, hardi et stupide ». Délibérément. Robert Walser est le dandy de la flânerie inconséquente. Il part sur les chemins, mais il n'est pas assez couvert et c'est délibéré. Il s'agit d'être sous-équipé, et comme tel de s'imprégner vraiment du froid, de la pluie, du soleil et du vent. De s'imprégner du souffle de la vie, d'être poreux. La phrase de Walser est à son image. Elle laisse passer tous les coulis du présent, où le regard du lecteur se glisse sans effort, en liberté.

En liberté. « Ah, que c'est magnifique, de prendre une décision et d'aller, plein de confiance, vers l'inconnu. » Oui, de temps en temps, l'ivresse de la bourrasque provoquée va jusqu'à cette grandiloquence whitmanienne. Mais l'envol n'est pas le ton de base. Le plus souvent cette soif de picorage errant magnifie la succession des hasards les plus simples, avec une candeur apparemment naïve qui enchante le réel. Walser n'a pas une longue vue, mais un kaléidoscope qu'il fait tourner délicatement et rapidement ; les fragments de verre colorés se mettent en mouvement, et se donnent réciproquement toute leur lumière : « Ne mangeai-je et n'engloutis-je pas, dans un ravissant jardin plein de marronniers, sur une berge ensoleillée, la meilleure des omelettes campagnardes, avec une appétissante salade verte ? Mais si, certainement ! Et ne m'advint-il pas de soutenir des conversations oiseuses avec une Russe qui étudiait les Beaux-Arts à Munich, avec une Américaine sombre de peau et de prunelle ?... N'ai-je pas, moi, flâneur et oisif estival, écrit dans l'album d'une dame un assez long poème, frémissant de ferveur et de sincérité ? Si fait ! Et pourquoi pas ? Et n'ai-je pas joué, tout compte fait, un personnage entièrement inutile, sans but, sans appui, sans responsabilité, et par là, superflu ? Eh si ! »

On perçoit bien, à la fin de ce passage, l'enchâssement de la mélancolie dans l'allégresse. Il s'agit d'amour bien sûr, et comme chez Knut Hamsun de tristesse d'amour informulée, qu'il faut deviner, d'abord, et dont quelques manifestations plus explicites livrées au fil des textes finissent par innerver toutes les manifestations de joie, trop récurrentes pour ne pas révéler une part d'ombre. « La Lettre » est un fragment-clé à ce niveau. Comme s'il connaissait trop sûrement à l'avance le contenu de la lettre qui lui est adressée, le narrateur se réfugie dans la forêt pour la lire. La femme aimée y parle à la troisième personne avec une condescendance assez insupportable, et termine sa missive ainsi : « Elle vous prie de bien vouloir prendre connaissance des raisons péremptoires qu'il y a pour vous de rester à une distance convenable de l'expéditrice de ces lignes. » Et Walser conclut ainsi : « J'étais bouleversé, et jamais encore la forêt ne m'avait paru si belle. » Il n'y a par ailleurs jamais dans ce recueil d'histoire d'amour à proprement parler. Des rencontres esquissées, quelques furtives étreintes allégoriquement mêlées aux esprits des eaux et des bois, quelques nids affectifs douillets quittés à l'avance pour le plaisir et la mélancolie cachée du chemin libre. Une indépendance bravache, liée souvent à la fragilité pécuniaire. On n'est pas étonné de retrouver à l'occasion le narrateur en tenue de domestique, état que Walser connut effectivement quelque temps, ni de savoir que sa silhouette est celle d'« un long type avec une petite musette ». L'auteur paie à la société le prix de sa liberté, et cela ne lui pèse en rien. En revanche, le prix de la solitude est plus diffus, sans doute moins délibéré, mais le lecteur se sent d'autant plus privilégié dans cette analyse qu'il doit s'en tenir à un pressentiment, des passages en tonalité mineure qui changent tout dans la chanson.

Du rythme, des éblouissements, une pudeur des plus civilisées. De l'humour bien sûr. Le vagabond Robert Walser se retrouve avec celui de Trenet quand il s'agit d'affronter un gendarme : « L'impression que je lui fis n'était pas aussi excellente que celle que je me faisais à moi-même. » S'ensuit un petit dialogue moins anecdotique qu'il n'y paraît. Interrogé par la maréchaussée, le narrateur de Walser se défend en posant lui-même des questions : « J'ai préféré aller à pied, ce qui ne saurait passer pour un forfait, ni éveiller le moindre soupçon. Le goût de la marche et l'amour de la nature, qui lui est étroitement lié, seraient-ils peut-être suspects à vos yeux ? » Et le pandore de répondre : « Vous nous paraissez bien assez suspect. »

Suspect, Walser. Suspect pour cause de liberté, d'indépendance, suspect de se laisser porter par le réel, au lieu d'en ordonner le cours. Suspect d'écrire à Bienne, dans sa Suisse natale, des petits bouts de vie si éloignés de la fureur du monde qui tout autour de lui prend les couleurs dramatiques de la Grande Guerre. Suspect de modernité, de pousser sa divagation existentielle jusqu'au minimalisme, jusqu'à considérer qu'un poêle ou un bouton sont dignes d'un discours, ou que la rencontre d'un vieux clou rouillé et d'un parapluie est « le thème le plus beau et le plus profond ». Suspect. Moderne. Différent. Il rentre en vous sans crier gare, pénètre vos gestes et votre histoire en vous proposant seulement de partager un vol de poires. Une chanson.

Philippe Delerm

I

Voyage à pied

Il y a bien des années, cela me passe par la tête, j'entrepris, c'était l'été, mon premier voyage à pied, et je me souviens que je vis toutes sortes de choses curieuses et magnifiques. Pour tout équipage, j'avais un vêtement clair et bon marché sur le corps, un chapeau bleu foncé sur la tête et un baluchon à la main. Cousues dans la poche de ma veste, sous la forme d'un chèque impeccable, j'emportais mes économies dans le monde frais, vaste et lumineux. Chemin faisant, je rencontrai une petite troupe de gamins délurés dont l'un me lança, moqueur : « Mais où va-t-il donc, ce long type avec sa petite musette ? »

Il faisait allusion à mon petit paquetage minable, stupide, dont le ridicule n'échappait pas à son porteur et propriétaire lui-même. Sans me soucier beaucoup de ces sarcasmes, qui ne pouvaient avoir aucune espèce d'importance, je poursuivis ma route avec entrain, et tout en allant de la sorte, il me sembla qu'avec moi, c'était, dans sa rondeur, le monde tout entier qui bougeait imperceptiblement. Tout avait l'air de marcher avec le marcheur : prés, champs, forêts, labours, montagnes, et jusqu'à la route elle-même.

Je me sentis alors l'esprit divinement libre et le cœur content. J'allais d'un pas hardi, dégagé en même temps que vif, passant devant toutes sortes de gens qui me saluaient parfois aimablement, moi, jeune et fringant voyageur, vagabond vagabondant, ce qui m'obligeait à être poli à mon tour. Est-ce qu'une gentillesse n'appelle pas l'autre ?

Je me rappelle quelque chose de mouillé, de brumeux, de frisquet : ce sera le petit matin qui m'humectait de toute son humidité ; et juste après, quelque chose de brûlant, de blanc et de vert : c'était l'heure de midi avec la poussière de la route et la lumière du soleil, sèche, claire, aveuglante sur les vertes prairies.

Un certain temps, je longeai une rivière, puis ce fut une région montagneuse. Des collines vinrent à ma rencontre, avec des châteaux en ruine perchés sur les hauteurs. Variété et monotonie alternaient de bon cœur, villes, châteaux forts, montagnes, vallées et villages isolés. Cela dévalait au fond d'une gorge étroite, ténébreuse, sauvage, froide ; ressurgissait inopinément de la solitude et de l'étroitesse rocheuse, fuyait sous forme de plaine ou scintillait et souriait en tant que pimpante rivière bleue, ou encore, cela se dressait dignement et vaillamment sous la forme d'une forêt grave, ingénue, verte, pour replonger brusquement vers le haut en tant que montagne ombrageuse. Quelque chose d'étrange et d'aventureux allait de pair avec quelque chose de beau, de recueilli, et vers le soir, la clarté de midi se muait en une pénombre mystérieuse, délicieuse, très bienfaisante, et la chaleur en fraîcheur douce et agréable.

Ici ou là, lorsqu'il était temps de chercher un abri, je passais la nuit dans quelque vieille auberge, ainsi, un jour, dans un salon que ses proportions grandioses, austères et insondables, auraient facilement pu désigner et recommander en tant que solennelle salle de conseil.

Un beau matin, pour autant qu'il m'en souvienne, je me retrouvai à mi-hauteur, sur un doux coteau planté de chênes et je contemplai à mes pieds une petite ville sertie dans les bois et les montagnes, baignant, rutilante, dans la bonne lumière de ce matin d'été qui scintillait au soleil, beau et chaud. Ô, quelle joie saine, bienfaisante, procure la marche. Il n'y a de joies véritables que celles qui sont innocentes.

Des régions sauvages, balayées de tempêtes, alternaient avec des contrées plus avenantes et plus douces, et de même, les méchantes masures misérables, laides, en piteux état succédaient aux demeures bien tenues, cossues et de bon aloi, et toujours, le voyageur voyageant, cette espèce de vagabond folâtre et joyeux, insouciant comme il en avait le droit, se régalait d'examiner attentivement les innombrables phénomènes qui se présentaient à ses yeux.

Tantôt, je me trouvais dès l'aurore en pleine lumière, dans la riante clarté du jour ; et tantôt, tard le soir, dans la pâle lueur spectrale du crépuscule sur quelque éminence bizarre et biscornue, et j'avais à mes pieds soit le pays du matin, soit celui du soir.

Durant une heure ou deux, je suivis une vallée si solitaire, si singulière, si écartée, que chemin faisant, je me figurai qu'une époque historique révolue depuis longtemps était retombée sur le monde et je crus être moi-même un compagnon artisan du Moyen-Âge. Il faisait chaud et tout à la ronde, pas la moindre habitation humaine, pas un souffle de zèle à l'ouvrage, pas trace de civilisation ni de labeur. Les contrées solitaires ont un charme merveilleux, angoissant.

Vers la fin du voyage, il se mit à pleuvoir des cordes, tant et si bien que de gré ou de force, joyeux ou chagrin, comblé ou navré, ce fut en tout cas le corps fourbu et tout trempé que je parvins au but de celui-ci.

II

Petite mésaventure sur la route

À une autre époque et à quelque autre occasion, un hiver, je rendis visite, à pied bien entendu, à mon frère qui séjournait alors dans une petite bourgade campagnarde où il était chargé de décorer à fresque une salle de bal. Malgré la saison froide, j'avais choisi une tenue toute mince et légère ; m'encombrer peureusement d'étoffes lourdes et épaisses m'eût paru une gêne désagréable, une peine superflue. La chemise et le chapeau pouvaient peut-être éveiller un tout petit doute insinuant ; ils avaient tous les deux quelque chose de mince, de miteux et de minable, et quant à la tête que je faisais, j'avouerai qu'en promenade, j'ai toujours l'air dégagé et insouciant.

La route n'était pas particulièrement propre. Incontestable ou détestable, cette circonstance ne m'empêchait nullement de célébrer cette dernière, la route donc, et de considérer comme heureux le piéton qui la foulait de bon cœur, c'est-à-dire moi.

Or, à mon vif regret, je fus moins du goût d'un gendarme perspicace, circonspect, qui tomba sur moi dans une localité, et malheureusement, c'est- à-dire à ma grande déconvenue, l'impression que je lui fis n'était pas aussi excellente que celle que je me faisais à moi-même. L'apparition incongrue d'un compagnon artisan parut le stupéfier, elle l'obligea ou l'incita à m'arrêter et à me prier de bien vouloir le suivre. Il m'entraîna dans une sorte de pièce ou de quartier général parfaitement louable, où je fus présenté à son supérieur, qui était un être d'aspect plus rébarbatif qu'engageant, mais sans doute bien plus gentil que dangereux et bien plus débonnaire que redoutable, comme un charmant voyou présumé.

D'une voix sinistre, on m'enjoignit d'avoir l'obligeance de m'asseoir, puis on se mit à m'interroger sur ce qui pouvait me pousser à rôder à pied dans la campagne.

« J'ai l'impression que vous ne me voyez pas sous un jour très favorable », fis-je. Et l'on eut le front de me répondre : « C'est le moins que l'on puisse dire. »

« Mais vous êtes très probablement dans l'erreur », osai-je objecter, « si vous croyez avoir affaire à un vagabond ordinaire. Je prends la liberté de vous recommander de m'examiner d'un peu plus près. Alors, vous concevrez peut-être l'impression très agréable pour nous deux que je pourrais être tout aussi bien, si ce n'est même plus facilement, un homme honnête et sincère qu'un effronté et un chenapan. Je suis convaincu que je ne corresponds pas du tout à ce que vous vous sentez peut-être obligé de voir en moi. J'aurais pu prendre le train comme n'importe qui. Mais du moment que j'aime beaucoup flâner et marcher des jours entiers et des kilomètres et des kilomètres, j'ai préféré aller à pied, ce qui ne saurait ni passer pour un forfait, ni éveiller le moindre soupçon. Le goût de la marche et l'amour de la nature, qui lui est étroitement lié, seraient-ils peut-être suspects à vos yeux ? Je vous prie de bien vouloir me l'expliquer. »

« Vous nous paraissez bien assez suspect, monsieur », me fut-il signifié avec aplomb ; mais au bout d'une demi-heure remplie à craquer de vérifications laborieuses de toutes sortes de papiers et de documents, et de demandes approfondies de renseignements, on me laissa partir avec un : « Vous pouvez disposer. »

L'avis était fort bienvenu, charmant et courtois. Sans hésiter, je profitai de cette gracieuse autorisation pour décamper, et c'est donc ainsi que je pus poursuivre et mener à son terme une promenade certes risquée et difficile, mais néanmoins jolie, belle, salutaire et joyeuse, et j'arrivai à temps dans le petit bourg, et de fait, à l'heure dite, les frères réunis firent joyeusement honneur à la table du dîner.

III

Lettre d'un peintre à un poète

Cher poète, tu sauras que dimanche dernier, je me suis trouvé dans un appartement dont l'habitant avait eu l'idée impolie et malencontreuse de s'absenter. Je suis resté dans ta chambre pendant une heure, j'ai parcouru quelques pages du livre qui était posé sur la table, et puis, faute de pouvoir le faire avec le maître des lieux, j'ai causé avec les murs vides. Charmant entretien. Ayant attendu en vain ton retour, je suis reparti, non sans laisser derrière moi cent bons messages à ton intention et plus encore, et l'infini regret de ne point t'avoir vu, du moment que nous aurions eu, ma foi, des quantités de choses à nous dire, à nous raconter et à partager. Comme je me réjouissais à l'avance d'aller avec toi voler des poires, expédition qui manque de charme quand on l'entreprend en solitaire, alors qu'à deux, c'est un passe-temps de choix.

Mais où étais-tu donc fourré, sacrebleu ? Je t'aurais raconté en long et en large l'excursion hardie et téméraire que j'ai faite la semaine dernière dans les Alpes, et qui m'a conduit sur des cols d'une hauteur vertigineuse, plus ou moins comme en son temps Souvorov, auquel je songeai alors qu'environné d'étendues de neige et de glace, je mourais presque de faim et d'épuisement. Voilà ce que tu aurais appris de vive voix, si tu avais bien voulu rester sagement chez toi ; à présent, tu n'auras qu'à te contenter d'une simple note écrite, ce qui parfois est un peu mince. Comment vas-tu ? Si tu as écrit quelques nouveaux poèmes, j'en connais un qui te demande de les lui envoyer afin qu'il puisse les lire et se régaler de leur contenu.

Actuellement, mon très cher, je suis logé et je stationne dans une petite ville aussi vieillotte que charmante, dont les vieux remparts et les tours sont presque intacts, et qui est située dans la contrée la plus jolie et la plus ravissante que puisse concevoir une imagination saine et déliée. Le pays tout alentour est si beau, si vert, si avenant et séduisant, si doux et si délicieux dans sa moelleuse douceur, que l'on croit pouvoir dire qu'il serait digne d'une princesse. Je t'assure que je suis sous le charme et que j'aimerais pouvoir te décrire dans des phrases et des mots à peu près corrects cet enchantement profond, naturel, cette jubilation aussi grande que sincère. Et quant à ce qui m'y a conduit, sache que je suis chargé de peindre une salle, commande dont je vais m'acquitter, je l'espère, avec une certaine légèreté, tout en me figurant avec plaisir que le salaire, lui, en sera plus substantiel que léger. J'occupe une gentille chambre aux boiseries sombres, dans un faubourg, et la vue de la fenêtre est si exquise que je n'ai pas pu m'empêcher de la dessiner. Viens bientôt me voir, à pied, et tu verras comme je suis logé. Tu peux compter sur l'accueil le plus empressé, et prépare-toi à une abondance ou à une surabondance de beautés paysagères, car il y en a à revendre par ici.

À côté de mon engagement proprement dit, je peins, comme tu le fais ou pourrais le faire en poésie, d'après nature. Je sors à l'air libre, je me remplis les yeux du divin spectacle de la nature, je rapporte à la maison quelque impression profonde, ou un projet de tableau ou de canevas, afin de mener à bien ma réflexion en chambre, en sorte que ma peinture est moins une peinture *d'après* nature qu'une peinture *après* nature. La nature, mon cher frère, est grande d'une façon tellement mystérieuse et tellement inépuisable qu'au moment même où l'on s'en réjouit, on en souffre déjà ; mais je m'aperçois qu'il faut bien se résoudre à ce qu'il n'y ait peut-être aucun bonheur au monde où il n'entre quelques atomes de douleur, bref, je veux te dire et me dire par là, simplement, que je mène un dur combat. Des mélodies se marient aux couleurs que l'on voit dans toute la nature environnante. Et viennent encore s'y ajouter nos pensées. En outre, tu voudras bien garder à l'esprit que tout varie sans cesse, à chaque heure du jour, matin, midi et soir, et que l'air en soi est déjà quelque chose de très singulier, d'étrange, de fluide, qui baigne toutes choses, qui revêt n'importe quel objet d'une foule d'aspects déconcertants, et qui métamorphose les formes comme par enchantement. Imagine à présent le pinceau et la palette, toute la lenteur de l'outil, du labeur artisanal grâce auxquels le peintre impétueux, impatient, est censé happer les mille beautés singulières, vagues, éparpillées ici et là et qui souvent ne font qu'effleurer le regard, afin de les enfermer dans quelque chose de solide, de durable, de les recréer en images vivantes, fulgurantes, jaillissant avec puissance du plus profond de l'âme du tableau : alors tu comprendras ce combat, alors tu comprendras qu'il y ait tremblement ! Ah, s'il suffisait de l'amour que nous ressentons, s'il suffisait de la joie, de l'idée satisfaite, séduisante, et d'une simple aspiration, s'il suffisait de désirer ardemment, de bon cœur, s'il suffisait d'une pure et béate contemplation.

Laisse-moi t'embrasser, et porte-toi bien. Une chose est sûre : à l'un et à l'autre, à toi, le poète autant qu'à moi, le peintre, il nous faut de la patience, du courage, de la force et de la persévérance. Vingt fois, trente fois encore, porte-toi bien, garde-toi des rages de dents, reste à peu près solvable et écris-moi une lettre si longue qu'il me faudra toute une nuit pour la lire.

IV

Widmann

Ainsi qu'il m'en souvient, un beau matin du mois de mars, je quittai Thoune, où j'étais en place, pour me rendre à Berne chez Widmann. À vingt ans, on est encore assez folâtre. C'est ainsi que j'étais affublé d'un costume de mi-été jaune paille tout débraillé, de légers souliers de danse et d'un chapeau délibérément hideux, hardi et stupide, et n'avais sûrement pas sur moi l'ombre d'un col convenable.

La journée était froide et sauvage ; le ciel était couvert de nuages menaçants ; mais au moins, la chaussée était très propre. J'allais de village en village, d'une foulée souple, rapide. Comme c'était un dimanche matin, il n'y avait presque pas de circulation sur la route. La pluie se mit à tomber à petites gouttes froides et piquantes, mais à vingt ans, on n'est pas encore douillet du tout, et peu m'importait la morosité du temps. Le monde avait l'air sombre, hostile et dur, mais je n'ai jamais été d'avis que quelque chose de rude fût absolument exempt d'une beauté particulière.

Dans une silencieuse forêt de sapins, je crus pouvoir suspendre un peu mon pas rigoureux, inflexible. Le vent mugissait tout là-haut dans les branches. Pour le jeune marcheur et homme de lettre débutant, c'était une musique. Je sortis calepin et crayon de ma poche et debout, à l'écoute du théâtre de la nature, j'écrivis quelques vers bons ou mauvais, bienvenus et réussis ou malvenus et ratés. Puis je repris la route, alerte et joyeux.

Le pays était jaune, brun et gris ; ici ou là, il y avait des endroits d'une splendeur solennelle, sérieuse, vert foncé. L'élégante, l'imposante beauté de quelques anciens châteaux ou demeures campagnardes s'offrait complaisamment à l'admiration.

Vers midi, j'arrivai devant la maison de Widmann et je sonnai discrètement au portail du jardin, sur quoi une fillette descendit en courant et s'élança pour ouvrir au nouvel arrivant et débutant. Qui pouvait-elle annoncer ?

« Qui pourrais-je bien être sinon celui qui, il y a quelque temps, a envoyé ses premiers poèmes à monsieur Widmann, lequel a eu la grande et insigne bonté d'en imprimer sept ou huit dans un supplément dominical bien connu ! »

C'est ainsi ou à peu près que j'eus l'audace ou le culot de répondre. La charmante jeune espiègle s'éclipsa pour aller m'annoncer. Quelques instants plus tard, je me trouvais devant Widmann qui m'accueillit amicalement avec ces mots : « Ah, voici donc notre jeune poète ! »

J'essayai d'exécuter quelque chose comme une courbette. À l'époque, je manquais encore d'entraînement et n'avais absolument aucune expérience dans l'art des courbettes et autres bonnes manières ; j'étais encore un gamin, ignorant toute espèce de politesses. Combien, par ailleurs, la vue de l'illustre et imposant ne devait-elle pas intimider le petit bonhomme insignifiant que j'étais. Cependant, sa noble vivacité m'inspira aussitôt la plus grande confiance. Il émane des personnalités captivantes quelque chose de rassurant et d'inspirant. Je repris courage et ayant recouvré mon calme, je trouvai toutes sortes de paroles dont il eut la bonté et la générosité d'écouter gentiment la hardiesse et la jeunesse. Mes propos parurent même l'intéresser.

De temps à autre, bien sûr, son regard s'arrêtait un peu sur mon aspect extérieur très extravagant, impudent, presque même un peu trop original, détaillant le costume et la mise, l'ajustement effronté, pétulant, le vêtement rebelle, entêté en diable, qui contrevenait à tous égards aux impératifs de la mode. Il le faisait cependant gentiment et sans s'émouvoir, comme un prince qui, dans sa sérénité et sa grandeur, ne se laisse pas un seul instant gêner ni déranger par des vétilles.

Un chien était couché sur le tapis ; la pièce offrait l'image même du confort distingué. Au bout d'une demi-heure environ, j'eus fort heureusement l'idée que ce monsieur avait peut-être mieux à faire que de bavarder avec de jeunes blancs-becs ; pour cette raison, en homme avisé, je jugeai opportun de me lever et de prendre congé.

V

La Belle au bois dormant

La Belle au bois dormant m'a fasciné dès ma jeunesse. À la réflexion, et si je repense à mes efforts, à mes tâtonnements d'autrefois, je suis frappé de constater que je me suis souvent efforcé en toute sincérité d'approcher un peu la gracieuse et charmante enfant fabuleuse à l'aide de vers souples ou mal dégrossis, secs ou humides, charnus ou décharnés, subtils ou rocailleux. Les cent ans de son fabuleux sommeil ne me sortaient pas de la tête. Diable, cent ans de profond sommeil, ce n'est pas une bagatelle. Voyons un peu !

Dans l'intervalle, nombreux furent les aventuriers et les chevaliers intrépides, téméraires, amoureux, qui eurent à payer de leur vie leur audace, leur témérité, leur vaillance et leur amour. Ils périrent dans les ronces, ces messieurs les chevaliers errants, barons, comtes et gentilshommes, ces preux jeunes gens, ces rejetons de noble race qui allaient de pays sombre en pays clair avec leurs jeunes joues roses et fraîches, leurs lèvres fleuries et leurs boucles blondes, leurs ardents yeux bleus, leur imagination embrasée, leur beau front serein et courageux, leurs membres rapides et déliés, l'épée à la main, le chevaleresque panache au chapeau, à pied ou à cheval, leur cœur juvénile palpitant d'une exaltation juvénile, dans le but d'assouvir leur désir farouche, irrépressible, de dérober son charme à l'existence et le bonheur à la vie en l'arrachant à son sein mystérieux. Maint jeune homme aimable et beau, maint valeureux, bon et courageux, étouffa et connut une mort précoce dans l'étreinte impitoyable des broussailles inflexibles, par la faute de la jeune et douce endormie dont tous les parages vantaient la beauté.

Un jour quelconque, nous est-il conté dans cette charmante et délicieuse histoire, un prince arriva d'un pays lointain, auquel il était échu de pénétrer les fourrés. Avec une folle impétuosité, une énergie sauvage, indomptée, léonine, considérant tous les périls comme un plaisir, une diversion et un jeu d'enfant, badinant et plaisantant face à la mort menaçante, à la perte et à la ruine, comme s'il se fût agi d'une simple partie de canotage sur un lac paisible ou d'une joyeuse partie de ballon sur une verte et riante prairie, il se fraya un passage à travers l'inextricable fouillis des ronces qui fléchirent souplement devant sa volonté royale, et dans un assaut irrésistible, triomphant de tous les obstacles et de toutes les barrières, il entra dans le palais enchanté, le palais de la Belle au bois dormant, gravit l'escalier qui menait à la fameuse tourelle où dormait la mystérieuse beauté, et l'embrassa dès qu'il la vit, et la Belle au bois dormant s'éveilla à ce baiser, et dès lors, elle lui appartint en tant que fiancée et que femme, et fut sienne ; car ici, le conte ne s'attarde pas et ne fait ni une, ni deux, et il a bien raison, de ne pas faire d'embarras.

Tout le vieux palais s'éveilla, le roi et la reine, leur suite et le gouvernement royal, les ministres et les conseillers secrets, les gentilshommes et les laquais, les courtisans et les dames de la cour, les pages, les servantes, les chasseurs, les courriers et les heiduques, le cuisinier et le marmiton, les valets et les servantes, et les cochers dans leurs brillantes livrées.

Un vieux rêve enfoui reprit vie, un sombre cauchemar morose, exténué, se métamorphosa en vie séduisante, exquise, animée. La culture et les sciences, la vie sociale, le sens du beau et les arts exubérants recommencèrent à s'épanouir en toute liberté, et toute la contrée s'éveilla alentour comme après un long, long deuil. Un monde était délivré ! Dans le parc, les oiseaux chantaient et gazouillaient à nouveau. L'oppression était levée et les chaînes étaient à terre. La poésie, la musique, la peinture et l'artisanat se tendaient les mains, l'esprit et les sens pour célébrer et embellir la vie de la cour enfin réveillée. Le ciel, à nouveau, riait d'azur ; des sommets alpins majestueux étaient dégagés. Le rideau gris s'était dissous ; les nuages qui répandaient les ténèbres se dissipèrent ; les arbres verdirent et fleurirent ; le commerce et l'activité se déversèrent complaisamment dans tout le vaste pays ressuscité.

Tout était dans le plus bel ordre, tout était bonté, bonheur et beauté ; mais le plus beau, le plus heureux de tout, c'était le fameux couple des jeunes mariés, le noble prince et sa chère, tendre et douce Belle au bois dormant.

VI

La tante

Dans telles et telles conditions et circonstances, un beau matin d'automne, je quittai de bonne heure et d'un pas alerte la petite ville où j'avais occupé un fort bon emploi. Deux choses me restent distinctement en mémoire : le temps splendide et la propreté de la route. Mon costume se composait d'un pantalon vert chasseur et d'une blouse bleu et blanc. Cette dernière eût mieux convenu pour l'été, à vrai dire ; mais en ce qui concerne ce genre de détails, je n'ai jamais été regardant. Promenade, tu es joie, toute clarté, tout azur lumineux !

Je bondissais presque au lieu de cheminer ; mon allure tenait plus d'un envol que d'une marche régulière, pesante, solide. Je croisais sur cette belle chaussée toutes sortes de villageois, paysans et paysannes. À la lettre, j'étais épris de la route joyeuse. La contrée que je traversais était entièrement agricole : un pays de collines, puis à nouveau de prairies, et tout le long de la chaleur du chemin, les maisons se pressaient, les plus sympathiques, les plus avenantes, les plus gracieuses qui soient, en sorte que je pouvais tout à loisir me sentir accueilli et charmé à leur vue. Au-dessus des prés, des collines, des labours et des bois, le plus beau soleil matinal souriait, dansant, éblouissant. Imperceptiblement, j'abordai une contrée plus montagneuse pour arriver bientôt dans un village isolé, tout entouré de hauts rochers escarpés ; c'était le village natal de ma mère. Inconnu, et en même temps connu et familier, tel est l'effet que me fit cet endroit. Le monde entier me semblait prodigieusement jeune et vieux, et moi avec lui ; brusquement, la terre et la vie terrestre se transformèrent pour moi en rêve, et il me sembla que tout devenait facile à comprendre, en même temps que totalement incompréhensible.

Timidement, car j'étais comme ébaubi, estourbi, abasourdi ou peut-être même, qui sait, ensorcelé par je ne sais quels génies de la montagne, j'entrai dans l'auberge imposante et respectable, commandai un petit quelque chose à boire et à manger et d'une voix hésitante je m'enquis des ancêtres de ma mère auprès de la patronne. L'aubergiste posa sur moi un œil froid, vaste et indifférent, secoua la tête, comme un peu surprise de me voir là, avec mes sentimentalités, puis déclara qu'elle ne pouvait rien me dire. Qu'elle regrettait, et en proférant ces mots, Dieu sait combien cette femme prenait des airs hautains et distants et pincés. « Attends seulement ! » pensai-je, affectant à mon tour un air distant, demandant brusquement et grossièrement combien il me fallait raquer, ou combien j'avais à payer, et je comptai et payai à peu près ce qui devait être mon dû et pris mes cliques et mes claques.

Le pays me parut merveilleux. L'idée que ma chère mère avait passé sa jeunesse en ces lieux, qu'elle y était venue au monde, m'émouvait profondément ; c'est alors que venant de gauche ou de droite ou je ne sais d'où, un gendarme vint à ma rencontre, et tout en toisant du regard l'accoutrement que j'ai dit et décrit plus haut, vert fantastique, blanc charmant et bleu espoir, il me demanda doucement de lui montrer mes papiers. On les lui fit voir, et sans tapage, il nous fut possible de nous séparer, bien précautionneusement, espérons-le, dénouement qui vraisemblablement nous aura été également cher et agréable à tous les deux.

Peu après, comme le jour déclinait peu à peu en silence, mes pas me conduisirent dans un village si prospère, si confortablement opulent, que je n'en avais jamais ni vu ni traversé d'aussi riche de toute ma vie. Quelles maisons larges, imposantes, quelles vastes et belles étables, quels jardins il y avait là, quelles auberges magnifiques, invitant au respect ! Une femme jolie et sympathique me salua de son jardin ; j'eusse été un rustre de ne pas répondre à son salut en y ajoutant mes hommages. Heureusement, je ne me conduisis ni en rustre ni en goujat, mais en homme de bien, doué de bonnes manières et d'une éducation tout à fait passable.

Que tout était devenu beau, à présent, intime, dans la campagne qui sombrait dans la nuit. De braves prés verts filaient avec douceur, élégance et amitié devant moi ; des pensées de toutes sortes se bousculaient comme des chatons caressants sur mes talons. Quelques-unes de ces idées m'arrachaient un rire inattendu, sonore ou muet. D'agréables espérances, de charmantes, riantes visions, de douces, de chères petites rêveries m'accompagnaient, sautillaient sans bruit derrière moi sur leurs pieds d'or, me rendant riche, léger, confiant et insouciant. Et la route du soir, comme elle était humide, automnale, et douce. Déjà, une brume livide posait ses rayures en lignes fantomatiques sur les prairies avoisinantes que l'on croyait voir se mettre à flotter, et ici et là, déjà, aux fenêtres des calmes maisons, des lampes luisaient. Obscures silhouettes humaines ! et tout, alentour, tout tellement profond, tellement archaïquement beau, tellement serein, noir et silencieux.

J'entrai dans l'auberge la plus proche où je me fis apporter et servir un joli dîner, sain, bon, copieux, brave, gentil, vaillant, léger. Un gars, un artisan qui comme moi voyageait et roulait sa bosse dévorait un repas tout semblable. Comme elle était appétissante et confortable, la salle d'auberge, avec ses lambris sombres, et que la bonne, l'humaine patronne était aimablement condescendante. Je me fis donner une chambre non pas princière, bien sûr, mais raisonnable, moyenne, adéquate, modeste, et je la trouvai fleurant les pommes et l'air cru de l'automne, et je dormis d'un sommeil délicieux dans le bon lit. En rêve, je me régalai de diverses hardiesses et beautés inouïes.

Le lendemain matin, je vis les pommes répandues sur le sol ; je n'eus qu'à les ramasser prestement et y mordre gaillardement. Mais la vue de la fenêtre était divinement belle. Ce fut un plaisir indescriptible de sortir ma tête de promeneur, l'exposant à l'air matinal célestement pur et doux, d'une fraîcheur de jeune fille ou de jeune homme, et, pénétré de délectation et de ravissement, je contemplai et respirai le paysage verdoyant tout rutilant de joie, et moi-même. Une buée délicate, pâle, bleutée, flottait sur le monde ; fraîcheur et tiédeur s'affrontaient. Vert et bleu et or, soleil et intimité composaient le plus beau des tableaux ; en plus, c'était dimanche, et sur toutes les souples et vertes collines bruissantes de contes, résonnaient les chères, les douces cloches dominicales, apaisant les querelles, les inquiétudes et les rancœurs.

Bientôt, je me retrouvai sur ma route bien-aimée et poursuivis mon chemin avec des forces neuves. Vers midi, j'arrivai dans une petite ville. Tout y était beau et bien astiqué, tout y reluisait, souriait et babillait dominicalement, avec une solennité rêveuse, si bien que dans mon accoutrement de promeneur, je faisais presque figure de brigand, d'une sorte de Rinaldini. Une jolie jeune dame, en me croisant, ne laissa-t-elle pas échapper un petit cri d'effroi, et cette jeune fille ne se révéla-t-elle pas être ma cousine ? Eh bien, si !

S'ensuivirent des salutations, des questions, des rires. Puis elle m'entraîna dans la maison de ses parents où je fus présenté à sa mère, ma tante. Puis il y eut un bon déjeuner. L'après-midi, je fis rapidement la connaissance d'autres et de nouvelles personnes, et ces dernières, de moi. Je passai la nuit dans cette maison.

Le lendemain, comme je m'apprêtais à partir et voulais faire mes adieux, ma tante, avec beaucoup d'affectueuse gentillesse, me proposa un autre costume, car pour le mien, assura-t-elle gravement, on ne pouvait plus vraiment le voir et le considérer comme à la pointe du mettable et du convenable.

« Mais à moi, il me convient à merveille, ma chère tante », m'écriai-je avec feu, « et je vous en prie, pour l'amour de Dieu, ne m'en veuillez pas si je rejette votre offre qui certainement vient du cœur. Je ne manque pas de toupet ni d'insubordination, n'est-ce pas ; mais cet ajustement original, voyez-vous, est une parcelle de moi-même et si, à présent, il paraît un peu loufoque, extravagant et stupide, cela ne peut faire de mal à personne. Ma chère tante, c'est de bon cœur que j'entends un peu me distinguer des autres et avoir l'air original. Ce costume d'apparence un peu farfelue, je l'ai choisi de mon plein gré, et à présent, qu'il m'affuble, qu'il me colle honnêtement à la peau, quelques ennuis et désagréments que puissent encore m'attirer ma fermeté et mon entêtement. Je n'ai pas à craindre de montrer ma singularité et d'afficher mes bizarreries. Où donc, dans quel triste abîme de turpitudes me conduirait un caractère craintif, pusillanime, hésitant et falot. Quels outrages, quelles calomnies, quelles trahisons, commis par moi-même à mon propre égard, pourraient en résulter. Un homme doit avoir le courage de se montrer et de se supporter tel qu'il est. Comme je suis à l'image de mon aspect extérieur, mon habit ne ment pas, au moins, et qui se dit en me voyant que je dois être un drôle de type pourrait avoir raison. Qu'est-ce que cela peut me faire ? Un très, très grand merci à vous, en tout cas, d'avoir voulu me nipper de neuf. Quant à moi, je suis certain et je persiste à croire que vêtu selon le bon usage courant, je ne me sentirais pas toujours bien, mais plutôt mal, et mal à l'aise. Avec les années, peut-être en viendrai-je, si ce n'est à me dépouiller et à me défaire entièrement de mon obstination, du moins à l'atténuer. Je crois qu'un jour, pour moi, ce temps viendra. Mais je ne désire rien précipiter ; car de telles gamineries sont l'apanage de la jeunesse. Aujourd'hui, je suis encore extravagant. Dans dix ans, ce sera peut-être différent. Et alors ? Qu'aurai-je gagné de bon et de bien, en échange de ce que j'aurai perdu et rejeté ? »

Tel fut donc mon discours ou à peu près, et tout en remerciant encore ma tante de sa gentillesse et de sa complaisance, la priant de bien vouloir me pardonner d'oser m'en tenir à mon idée, écouter mon sentiment personnel et nourrir ma propre vision des choses, je pris congé et m'en fus, plein de gaîté et d'optimisme.

VII

Les artistes

L'auteur de ces lignes écrivit un jour, il y a bien des années, une espèce de comédie aujourd'hui définitivement perdue pour la scène, hélas, puisqu'il la déchira en mille morceaux. Perte irréparable !

D'après mes souvenirs, l'histoire était la suivante :

Une bande, une troupe, une horde ou une compagnie d'artistes ambulants arrivait un beau soir, à quelle heure, je n'en sais plus trop rien, devant un château princier ou ducal où, même si cela paraît un peu trop romantique, aventureux et invraisemblable, ce fut le duc lui-même, en sa haute et ducale personne, qui les accueillit de la façon la plus courtoise, la plus belle, la plus galante, affable, gracieuse et sympathique, ce dont nos sauvages et folâtres compères ne purent bien sûr que se féliciter en tout bien tout honneur.

« Peignez, sculptez, écrivez, composez, chantez, dansez et jouez ici tout à votre guise et contentement », déclara ce grand seigneur dans un noble élan de spontanéité et de munificence, avec un geste d'une cordialité toute ducale à l'adresse de messieurs les artistes, et il poursuivit : « Mettez-vous à l'aise autant qu'il est possible. Régalez-vous, mangez et buvez à discrétion.

Que le charme et l'élégance de votre art embellissent et magnifient ma cour. À l'intérieur des frontières de mon pays et de mon territoire, sentez-vous libres comme des barons. Ma cuisine et ma cave sont à votre entière disposition en tout temps. Toutefois, j'aimerais vous recommander d'user de la liberté dont vous jouirez ici sans en abuser. Votre subtil instinct de la bienséance et votre sens aigu du tact sont les seules bornes que je vous impose, et que votre bon goût soit votre seule entrave. Je sais d'avance que je serai content de votre conduite. »

Lorsque les artistes entendirent le bon seigneur secourable et protecteur des arts prononcer des paroles aussi bienveillantes et charitables, ils se mirent à rire sous cape et à se frotter les mains de satisfaction, pour ainsi dire, et tout en s'inclinant, ils jugèrent bon de répondre au duc :

« Pour ce qui touche à notre conduite, ne vous faites tout de même pas trop de souci, nous vous en prions instamment ; car nous vous promettons de nous comporter et d'agir en tout temps comme il convient à des artistes, en accord avec notre être et notre nature. »

Le duc sourit, fort satisfait de cette réponse dont l'ironie, au demeurant, ne lui échappa pas ; car il était vraiment un grand seigneur, passionnément épris des arts.

Certes, dès le premier jour, les gentilshommes qui ornaient la cour ducale de leur orgueilleuse présence froncèrent le nez en voyant ce ramassis ou groupuscule d'artistes. Ce que voyant ou devinant, le seigneur déclara à sa noble suite :

« Soyez toujours polis avec ces artistes, car tel est notre bon plaisir. »

Et il fit la même recommandation aux artistes, soit :

« Soyez toujours polis avec mes courtisans, je vous le demande. »

Parmi les artistes, on remarquait et distinguait tout particulièrement : Pinceau, qui était artiste peintre ; Archet, musicien ou compositeur ; Ligne, nouvelliste ; Syllabe, tendre poète d'une extrême profondeur, et un paillasse ou bouffon, Weidlig.

Auquel d'entre eux la duchesse, la noble et belle dame, témoigna-t-elle l'intérêt le plus appuyé ? Mais à Syllabe, bien entendu, lequel, si nous ne sommes pas mal, mais bien informés, tournait des vers et fabriquait des poèmes qui produisaient le même effet et la même impression, avec leurs tendres vocables, que la lune avec ses rayons de lune. La duchesse gavait littéralement Syllabe de faveurs, à un point qui lui faisait presque perdre la raison puisque à force de se pâmer et de se délecter dans ses grâces les plus suaves, il ne connaissait plus sa droite ni sa gauche, ni ne savait où il avait la tête. Le monde entier gravitait autour de lui et pendant un bon moment, il craignit que l'enchantement de son succès durable et puissant ne le rende fou. Qui ne perdrait les sens et la raison, dès lors qu'une duchesse le distingue ? La profuse faveur l'étouffait presque, et il était tout près d'en mourir de bonheur. Cependant, les poèmes de Syllabe possédaient un fondu si délicat, un éclat si fondant, si exquis, qu'il n'y avait pas vraiment lieu de s'étonner de ce que la duchesse l'ait désigné pour être son sigisbée.

Donc, Syllabe était, nous l'avons dit, au septième

ciel. Ligne, le prosateur, se tenait dans un cabinet ou dans une chambre aux esprits située à l'écart, étrangement extravagante et fantastique, toute tissée de fils d'or et de divagations, et il travaillait à une courte nouvelle héroïque, dure, compacte, serrée, ramassée, dont le style était si précis et si dru qu'il retentissait comme de grands coups de tonnerre à travers tout le château, remarque, ma foi, qui ne manque pas de hardiesse.

Archet travaillait et ciselait une sonate qui semblait vouloir laisser celles de Mozart loin derrière elle.

Pinceau barbouillait et peignait un vaste paysage nocturne dont il était persuadé qu'il serait un jour son chef-d'œuvre, et pour la joie d'un public nombreux et très distingué, Weidlig le bouffon dansait tout autour du parc qui était, dans sa splendeur et sa magnificence estivales, beau comme un rêve et rêveur comme un poème.

Le temps ne restait pas immobile, mais suivait son cours irrépressible, et avec le temps, qui charrie d'habitude toutes sortes de changements plus ou moins prévisibles, les artistes devinrent plus turbulents. Le labeur se trouva négligé, l'ardeur diminua de façon préoccupante ; au lieu de produire des œuvres d'art, ces effrontés mirent toute leur fougue à jouir de la vie et à se laisser sans doute un tout petit peu trop gâter. Ils oublièrent presque tout ce qu'ils devaient à l'art sublime, austère, et, conséquence d'une regrettable propension à la légèreté et à l'infidélité, ils consacrèrent pratiquement toute leur énergie à se délecter de toutes les jouissances possibles.

Syllabe manifesta une répulsion vraiment épouvantable à l'égard de la lecture et de l'écriture de poèmes.

Il parut avoir soudain décelé et découvert la réalisation et l'accomplissement définitif de tous ses rêves, désirs, fantasmes et imaginations réunis et cumulés dans la personne d'une femme de chambre délurée, gracieuse et mutine, évolution dont la pauvre duchesse trompée que Syllabe aurait dû se sentir tenu de vénérer exclusivement, continuellement et à tous points de vue, s'indigna au plus haut point, et on la comprend. Elle se précipita chez le duc son époux pour se plaindre de la muflerie inconcevable et de l'extraordinaire impertinence de l'infidèle Syllabe qui semblait en avoir définitivement assez de peser ses syllabes et de tournicoter ses rimes dans les tonalités les plus chatoyantes et les plus amères.

Ligne commençait à trouver assez ennuyeux d'aligner des lignes de prose, d'agencer des pensées ou des images, d'inventer des péripéties, de raconter des histoires et de mener une existence toute spirituelle, sèche, fade et rigide. À la suite de cet écœurement justifié à tous égards, il tomba amoureux d'une dame de la cour dont on peut affirmer qu'elle était aussi belle et séduisante que le clair de la lune au cœur des nuits d'été douces et enchanteresses. Archet, le compositeur, se révéla un connaisseur et un consommateur hors pair des vins les plus fins. Pinceau, dans un accès d'humeur apparemment tout à fait légitime, jeta son pinceau en déclarant qu'il avait un urgent besoin de calme, de repos et de diversion. La conséquence de cette proclamation fut la suspension immédiate, regrettable, des travaux de peinture, une mise en panne spectaculaire, navrante, de l'art, au profit d'une complicité manifeste, extrêmement euphorique, avec les joies les plus sélectes de l'existence.

Pour ce qui est de Weidlig, le bouffon, un scandale grossier éclata à la cour le jour où la duchesse reconnut en lui son fils bien aimé, enlevé jadis par des brigands, ravi par des voyous irresponsables, mais heureusement retrouvé désormais. L'épisode rocambolesque heurtait certaines notions élevées, ou même sublimes, de la décence. Pendant au moins quinze jours, le bon ton porta le deuil de ce regrettable incident, car il en ressentait une affliction et un dépit presque maladifs.

Entre les fiers hobereaux et les artistes qui sont, on le sait, tout aussi fiers et insolents, si ce n'est encore plus fiers et outrecuidants, on déplora plusieurs prises de bec désagréables. La situation devenait intenable.

Poussés par leur instinct qui leur disait que le séjour à la cour et au château ducal leur était, à la longue, plus nuisible qu'utile et profitable, les artistes tinrent un conciliabule secret et solennel, à l'issue duquel ils prirent la décision, indiscutablement courageuse et belle, de tourner le dos à cette vie de cocagne et de coqs en pâte pour reprendre leur vie errante. Ils convinrent de révéler à leur aimable bienfaiteur et protecteur des grâces, c'est- à-dire au duc, leur décision de le quitter pour se remettre en route, ce qu'ils mirent à exécution dès que l'occasion s'en présenta.

« Nous sentons, dirent-ils au prince, que le grand air, du mouvement intensif, un environnement plus rude, le vent, les intempéries, la nature puissante et la fréquentation de gens frustes, non policés, nous sont absolument nécessaires. L'air de la cour, aussi distingué et séduisant qu'il puisse être, nous rend en quelque sorte malades, paralyse nos forces créatrices. Nous voyons bien que nous allons passer pour des ingrats. Néanmoins, nous vous prions de bien vouloir nous laisser partir et de nous donner notre congé ; nos bagages sont déjà faits. »

Le duc s'étonna, s'émut, et s'écria, adoptant une mimique et une voix désolées : « Est-ce possible ? Voulez-vous vraiment vous en aller ? »

Il fixait sur les voyageurs prêts au départ des regards presque indignés, très surpris en tout cas, et peut-être même un peu dépités. Bientôt pourtant, il se remit de sa consternation et avec un sourire courtois et charmant, il parvint à prononcer les paroles aimables, pleines de bonté que voici, et il leur tint ce discours d'adieu profond et gracieux :

« Mes chers amis, artistes merveilleux. Qu'il en aille selon votre désir, soit, partez, allez là où l'esprit vous pousse. Certes, j'aimerais pouvoir vous dire : restez encore un peu ! Mais comme je vous vois décidés à partir, à suivre l'impulsion de votre nature singulière, je ne vous retiendrai pas, mais vous accorderai votre congé et la permission de me quitter. Pourtant, ce n'est pas beau de votre part de m'abandonner alors que vous savez ou devriez savoir toute la part que je prends et que j'ai toujours prise à votre caractère et à votre mode de vie. Ingrats !

Mais je ne vous ferai pas de reproches ; car ce serait désobligeant. Je ne peux pas réprimer entièrement une certaine douleur, en cet instant, et c'est à contrecœur que je vous vois partir et poursuivre votre route. Allez vous présenter à mon ministre des finances et veillez à ce qu'il vous dédommage correctement pour vos grands mérites et vos admirables prouesses.

Ainsi, la gracieuse peinture me quitte, à présent. La noble poésie m'abandonne. Le chant et la musique, divinités exquises, pleines d'invention, s'apprêtent à me fuir. Sincèrement, cela me fait souffrir, et dès que vous aurez tourné les talons, je languirai après vous de tout mon cœur. Sans vous, mon palais sera vide, triste et désert ; il faut me préparer à cela.

Je devrais vous gronder ! Je devrais vous traiter de velléitaires, de capricieux et de perfides ; mais c'est peut-être un aspect de votre nature rebelle, excessivement vivante, que vous ne sachiez guère ou pas du tout jouir du calme, du bonheur, de la durée et du confort : à peine avez-vous pris pied sur une terre belle et tranquille que déjà, la soif des lointains vous reprend. Les certitudes, pour vous, ne semblent pas être des certitudes ; au sein même de ce qui est mesuré, voici que déjà, vous aspirez à nouveau au parfum, à l'odeur, aux jouissances de l'illimité et de l'infini.

Enfants que vous êtes ! Il n'y a donc aucune raison de vous en vouloir, ce serait une faute de discernement que d'exiger de vous de l'affection et de la gratitude. Adieu !

Je me suis réjoui de votre arrivée. Un congé aussi soudain ne saurait me réjouir, et votre départ précipité me contrarie. Vos folles bêtises m'ont souvent fait rire de bon cœur, et vos travaux ont chassé l'ennui.

Pourquoi vous autres artistes n'avez-vous nulle part de repos véritable, ni de séjour familier ? Tout en le déplorant, je saurai néanmoins m'y résigner. Êtes-vous, au fond, les symboles visibles de la pauvre humanité sans repos, inquiète, malheureuse, ballottée de-ci, de-là, d'un désir à l'autre, éternellement insatisfaite, insatiable à jamais ?

Encore adieu. Donnez-moi de vos nouvelles de temps en temps, et revenez à une heure propice ! »

VIII

Wurzbourg

À telle et telle époque, soit il y a bien des années, c'était je crois par un beau jour d'été, je fis à pied le voyage de Munich à Wurzbourg. Un jeune dadais agile et sans expérience galopant à perdre haleine, voilà ce que j'étais. Le temps était chaud et superbe. Le spectacle du monde présentait une sorte de mélange de bleu, de jaune et de vert. Bleu, c'était le ciel, haut, immense et plein de lumière. Vertes, c'étaient les forêts que je traversais, ou le long desquelles je glissais d'un pas vif, et jaunes, c'étaient les somptueux champs de blé qui s'étendaient à perte de vue de part et d'autre de la large chaussée. Une autre belle couleur, capitale, était le blanc ; car volant avec le preste promeneur et le lansquenet agile, non pas sur la terre dure, pourtant, mais tout là-haut dans les airs, de blancs nuages d'été voguaient comme de grands, puissants navires sur la mer bleue. Comme je n'avais pas l'habitude de rouler sur l'or d'un bout à l'autre de l'année, la fortune que je portais sur moi ne m'encombrait pas beaucoup. J'avais aux pieds des espèces de chaussures de gymnastique en toile de voile grâce auxquelles je traversais le pays, léger comme le vent, délié comme la pensée en liberté.

Je courais si vite que j'avais l'impression qu'une bourrasque me balayait et m'emportait.

À Munich, j'avais fait bonne connaissance avec quelques personnalités littéraires de rang et de poids ; pourtant, j'éprouvais des sentiments étranges, oppressants à l'égard des *assemblées* artistiques et littéraires dans lesquelles je faisais assez mauvaise figure. Les détails exacts m'échappent à présent ; à l'exception d'une seule chose : un instinct me poussait hors de tous ces salons où régnaient les raffinements et les *excusez-moi mon cher*, me poussait dehors, à l'air libre, où régnaient le vent, le gros temps et les gros mots, les manières brusques, bourrues, et toutes les rudesses et les grossièretés. Jeune et impatient comme je l'étais, je ne supportais pas cette atmosphère de détachement distingué. Tout ce comportement impeccable, tiré au cordeau, léché, élégant, n'avait d'autre effet que d'assombrir mon humeur et de m'angoisser. Seigneur Dieu tout-puissant, qu'il est beau de vagabonder en été sur ta Terre immense, brûlante et silencieuse : avec la soif et la faim qui vont de pair, en tout bien tout honneur. Tout cela si calme et si clair, et le monde si vaste.

Ma tenue de marcheur évoquait un peu l'Italie du Sud. C'était un genre ou une espèce de costume avec lequel j'aurais pu me faire voir à mon avantage à Naples. En revanche, dans l'Allemagne mesurée, pondérée, il semblait soulever plus de défiance et d'antipathie que de confiance et de sympathie. Quel culot j'avais, et que j'étais fantasque, quand j'avais vingt-trois ans.

Je vais glisser rapidement sur ce voyage d'un crayon

qui l'esquissera d'un trait hardi et si possible génial, avec quelques légères touches de couleur, libres et dégagées.

Ma mémoire a retenu fidèlement : un ensemble de grosses bâtisses agricoles qui se dressaient dans le soleil, une troupe ou une joyeuse compagnie de compagnons artisans errant et vagabondant, un gendarme vert armé jusqu'aux dents, mais au reste, poli et bienveillant, qui inspecta et contrôla mon passeport et mes autres papiers d'identité, des quantités de bornes milliaires ou kilométriques, une auberge hospitalière ou une accueillante et accorte hostellerie où je dévorai en plein air, sous les feuillages denses et charmants, une délicieuse, engageante escalope panée brun clair, de larges bandes de pays vert tout plat, une ferme ou une masure solitaire, déguenillée, décrépite, déglinguée, décatie, délaissée, avec par-devant un pêle-mêle de vieilleries extrêmement poétique et pittoresque, de la chaleur de midi à revendre, un boqueteau d'acacias à proximité d'un bourg campagnard, le délaissement et l'éloignement de celui-ci, un fier château, manoir, bastide ou citadelle, hautaine dans le paysage brûlant, étincelant, aveuglant de clarté, une curieuse vieille ville très étrange, saugrenue, dans le goût du XVIIe siècle, dont je parcourus à pas de loup les ruelles étroites, féeriques, silencieuses, rêveuses, noyées d'une poignante et belle lumière dorée de soir d'été, comme à travers un rêve, comme à travers l'exemple mélancolique d'une solide prospérité passée encore intacte, comme à travers une preuve de l'invraisemblable ; entrer dans diverses salles à boire étouffantes, caverneuses, où l'on servait une bière foncée, épaisse, remonter de ces bouges et tavernes dans la rue, un fleuve lent, noirâtre, et puis, en plus de choses diverses, encore une ville.

Wurzbourg est une cité tout à fait remarquable. Mon premier mouvement, lorsque j'y arrivai enfin, après diverses mésaventures vaillamment supportées et surmontées, fut d'entrer chez un coiffeur pour me faire raser comme il faut ; car je sentais et devinais nettement que je pouvais avoir quelques bonnes raisons d'acquérir un peu d'élégance. Deuxièmement, je fis l'achat, dans un magasin de chaussures huppé, d'une paire d'élégantes bottes neuves, du moment que celles que je portais n'étaient bonnes tout au plus qu'à éveiller défiance, mépris et suspicion. Troisièmement, je me sentis amené, poussé et incité à aller déjeuner solidement, et par conséquent, avec une impudence étonnante, adoptant l'allure froide et impassible d'un attaché d'ambassade et l'expression énergique d'un triomphateur d'embûches, de difficultés et d'obstacles, bien décidé à vaincre ou à mourir, je fis mon entrée dans un hôtel-restaurant, l'une des meilleures adresses de la place, et des plus distinguées.

On parut stupéfait de me voir.

« Hep là, vous, dites donc, et puis d'abord, mais qu'est-ce que vous faites ici ? »

C'est avec cette interpellation un peu brusque et provocante qu'un monsieur en noir, tiré à quatre épingles, qui devait être le directeur en personne, se jeta sur l'agresseur et envahisseur en prenant une attitude défensive ; mais toute défense courageuse, voire héroïque d'une forteresse ou position en effet fortement et violemment menacée, fut inutile. L'attaquant était trop puissant.

Lequel n'était autre que moi ! Je dis :

« Ce que je viens faire ici, c'est cela que vous voulez savoir ? Comment est-il possible de le demander en long et en large alors qu'avec un peu d'expérience de la vie, on saisit du premier coup d'œil qu'il s'agit de fringale, d'une bonne et honnête fringale, et de l'élimination aussi rapide que possible de cette dernière. Ce que je veux ? Mais je veux manger ! À ce que je vois, c'est ici un endroit où des messieurs et des dames très élégants, nobles et bourgeois, ont coutume de venir manger et où ils cherchent et trouvent à restaurer leurs forces. Du moment que moi aussi, à ce qu'il me semble, j'ai le plus grand besoin de me reposer et de me rassasier, j'entrerai, avec votre permission ; car je ne crois pas devoir me poser pendant cent ans la question de savoir si ces lieux sont convenables pour moi ou non. Assez d'embarras, monsieur ! Je vous prie de me laisser passer ! Vu l'appétit qui est sans aucun doute le mien en ce moment, distingué, imposant et important, je puis et j'ai le droit de pénétrer dans n'importe quel établissement, même le plus élégant et le plus extraordinaire, telle est ma conviction et ma conception des choses, fondée sur le simple et fruste bon sens. »

Déjà, j'avais donné l'assaut et pris place au milieu d'une festoyante aristocratie et autre sélecte élite en ribote. Ce n'étaient que nez busqués impressionnants et regards méprisants tombant d'yeux dissimulés derrière des pince-nez. La salle avait une splendeur glaciale. Je fus, tout en me faisant servir comme un prince, l'objet certes peu édifiant de l'attention générale. Au milieu de cette fine fleur de la meilleure société, ma fine dégaine de vagabond faisait excellente figure. Aujourd'hui encore, j'y repense avec plaisir ; car la jeunesse est inégalable, et ce n'est que lorsqu'on est jeune que l'on a suffisamment d'obstination folâtre pour exécuter jusqu'au bout de joyeuses folichonneries. En vérité, nos frasques de jeunesse ne sont pas ce qu'il y a de meilleur, mais certainement pas non plus ce qu'il y a de pire dans notre vie.

Comme un train de vie aussi prodigue et fanfaron, combiné à des moyens rares et modestes, devait creuser un vide visiblement terrible dans sa pauvre maigre escarcelle, ruiner et dégonfler lamentablement toute l'aisance dont il disposait, l'impavide bon vivant et homme du monde se vit obligé d'aller passer la nuit, triste et mélancolique, dans l'une des auberges les plus miteuses qu'il ait jamais vues. Quant aux désagréments nocturnes qu'il eut à subir, sous la forme de charmants, jolis, gentils petits représentants du règne animal si riche en espèces diverses, qui s'attaquèrent à lui alors qu'il était couché dans le méchant lit dur comme pierre pour lui présenter leurs hommages et s'entretenir avec lui, de façon certes fort originale, il préfère ne pas s'y attarder, étant d'avis, ce qui est parfaitement digne d'éloge, que la mention et la description de tous les détails seraient ici assez inconvenantes.

Je me levai brusquement et m'approchai de la fenêtre ouverte. Il était minuit et au lieu du sommeil auquel je n'avais pas droit, puisque de gracieux petits vauriens méchants et minuscules me le confisquaient, je goûtai et me régalai du spectacle du plus beau des clairs de lune qui, tel un clair de lune d'Eichendorff, prodiguait de très haut, ici, là, partout, comme une bruine légère, sur les toits sombres, sur les tours et les pignons pointus dressés dans le ciel, toute son ineffable beauté, sa grâce suave, magique, pâle, sa divine douceur. Un accordéon résonnait en sourdine, et le silence de la nuit, tout autour, était merveilleux, vraiment céleste, ce clair, cet enfantin silence de nuit de lune, ce profond et doux enchantement de minuit, cette paisible obscure clarté répandue par la lueur de la lune, cette musique de fête, de joie, d'amour, cette jubilante sonate, cette sonate au clair de lune ! N'y a-t-il pas, dans chaque belle nuit de lune, le chef-d'œuvre de Beethoven ? L'art le meilleur, depuis toujours, n'est-il pas issu des choses simples et quotidiennes ? Un clair de lune est-il rien d'autre, au fond, que quelque chose de quotidien, offert au mendiant comme au prince ?

Au point du jour, je quittai mon auberge avec le plaisir que l'on imagine, et une fois descendu dans la rue, je partis à la recherche de Dauthendey, que j'avais rencontré à Munich et qui demeurait alors à Wurzbourg.

Après avoir passé toute la matinée à me renseigner et à investiguer péniblement de tous côtés pour obtenir l'adresse de ce monsieur, croyant pouvoir, par caprice et par sottise, et en faisant preuve de beaucoup d'entêtement, m'informer au sujet du logement du poète au hasard, et auprès d'inconnus qui regardaient en toute innocence par x fenêtres basses, ou qui se promenaient tranquillement dans la rue, procédé qui, pour aventureux qu'il puisse paraître, finit tout de même par me sembler fastidieux, je le trouvai enfin. Il était encore paisiblement au lit. En me voyant, il éclata de rire.

« Quelle allure vous avez ! » s'exclama-t-il d'une voix sonore, et sautant du lit, puis s'habillant avec un soin remarquable, il me déclara ce que je vais communiquer sans attendre, m'adressant le discours avisé que voici :

« Mon cher, votre tenue est beaucoup trop extravagante. Attendez un peu, je vais y remédier. Vous allez tout de suite vous changer, ici, chez moi ; car ce genre de frusques sont bonnes pour aller se promener en Arcadie ou dans quelque autre pays imaginaire, mais certainement pas dans la réalité et dans notre temps présent. Vous devez apprendre à mieux comprendre l'époque dans laquelle il vous est donné de vivre. Extravagant, vous pouvez l'être à votre aise tout au fond de vous. Vous laissez voir trop distinctement votre vie intérieure, votre état d'esprit, votre âme. Vous vous complaisez à exhiber en pleine rue vos fantaisies et vos rêveries. C'est pure sottise. Regardez ! Voici un costume que vous pouvez porter tranquillement en tout temps sans choquer personne. À quoi bon vous faire remarquer partout, alors qu'il est évident que vous ne désirez sous aucun prétexte vous faire remarquer. Vous n'êtes sans doute que remarquablement maladroit, et puisque vous l'êtes ou semblez l'être, permettez-moi de vous donner quelques leçons à ce propos.

Vous ressemblez à un habitant de contrées qui n'existent que dans votre tête, alors que vous devriez avoir l'air, ce serait recommandable, d'un simple pécheur parmi les hommes, ou d'un contemporain parmi ses contemporains. Vous ne m'en voudrez certainement pas de ces paroles, mais au contraire, vous admettrez que j'ai raison, et vous vous rendrez de bonne grâce à ce que je dis. Vous êtes intelligent, tout le monde le sait, or il est évident que ce n'est que votre obstination, jeune et emportée, qui fait de vous un personnage bizarre. Mais il n'y a aucun sens à vouloir paraître étrange et bizarre. Une telle façon de se distinguer doit être considérée comme totalement erronée. Quant à se distinguer, notre principe doit être qu'il est strictement recommandé de ne laisser saillir que des compétences. À ce propos, nous devons nous donner de nombreuses règles, mais en revanche, ne nous accorder presque aucune, voire aucune liberté du tout. Voilà ! Et maintenant, en avant ! À bas les faux-semblants de l'excentricité. Si vos sentiments et vos pensées sont excentriques, c'est bien suffisant. Personne ne doit voir sur vous que vous êtes original et singulier, que vous avez de l'imagination et le goût de l'insolite. Sans quoi vous serez jugé partout à mauvais escient, et votre sans-gêne ne vous vaudra à chaque pas que des déboires, ce qui ne saurait vous être agréable. »

Tout en parlant, ou quand il eut fini de parler, il me tendit, dans l'ordre, en les extrayant à mesure de ses richesses, surplus et réserves vestimentaires et de ses armoires et commodes, jaquette, pantalons, chemise, veste, chapeau, et un col raide immaculé, ainsi que l'une des plus charmantes cravate, régate ou écharpe, et je me trouvai dès lors dans l'obligation d'enfiler toutes ces choses et de me métamorphoser ainsi en un homme absolument nouveau. Une fois la transformation et la preste métamorphose accomplies, mon maître, ami et généreux donateur s'écria : « À présent, vous avez très bonne façon. Venez, maintenant. Allons faire quelques pas. »

En effet, de bonne et joyeuse humeur, nous sortîmes ensemble dans la rue où par le plus radieux des temps d'été qui nous souriait allégrement, un public nombreux flânait. Dans mon nouvel accoutrement, j'avais l'impression d'être un prince, et par là, j'essaie de faire comprendre que je me sentais presque né une deuxième fois. Le col montant, élégant, m'engonçait et me serrait bien un peu, mais je prenais bien volontiers sur moi ce sacrifice, pas énorme assurément, aux principes de la correction et aux exigences du bon ton, et c'est avec plaisir que je renonçais à une parcelle de bien-être ou de confort. C'était le premier col raide que je portais de ma vie. Du moment que mon comportement s'était adapté docilement et presque sur- le-champ aux jolies choses que j'avais l'honneur de porter, je me trouvais examiné et considéré de tous côtés par des yeux respectueux et affables, ce qui n'était pas vraiment fait pour me gâcher l'humeur. Mon chapeau de paille ou canotier, ou chapeau d'été ou de campagne, ressemblait sans doute, de loin, ou à y regarder de près, à un chapeau de cantonnier. Mais Dauthendey me certifia que je pouvais être tranquille ; car toute personne raisonnable pouvait en témoigner, ce couvre-chef me coiffait plus admirablement et plus avantageusement que n'importe quel autre. Les inquiétudes étaient hors de propos et tout doute était à proscrire, dans la mesure même où le chapeau en question convenait, cadrait et s'harmonisait parfaitement.

Bientôt, nous descendîmes dans l'une des nombreuses caves et tavernes de Wurzbourg, où nous nous fîmes servir le plus plaisamment du monde à boire et à manger. Comme il faisait bon, assis à bavarder dans le rencoignement frais, ombragé, calme et odorant.

Je passai huit jours, pas davantage, mais pas moins

non plus, sous l'affable protection de mon ami dans cette belle ville de Wurzbourg, à laquelle je repense avec grand plaisir. Les habitants de Wurzbourg me parurent à la fois joviaux et diligents, sociables en même temps que polis. Comme plusieurs rues étaient belles et offraient un spectacle imposant, je trouvais l'animation vivante, et l'on pouvait voir toute la ville joliment embrassée et enveloppée de parcs verdoyants, richement plantés d'arbres. De tous côtés, pour l'épanouissement de tous les sens, s'ouvraient dans un chuchotement bienveillant d'avenantes allées sur lesquelles il valait bien la peine de se promener. À l'occasion, Dauthendey me conduisit dans une maison de campagne gracieusement située sur un coteau de vignes, où j'eus le loisir de rencontrer toutes sortes de gens aimables et cultivés qui accordaient aux nobles lois de l'hospitalité un appréciable terrain de jeux où elles pouvaient s'exercer en toute liberté et commodité.

Entre autres, nous visitâmes le château ou palais du prince-évêque dans lequel, à côté de bien d'autres trésors et splendeurs nous admirâmes les fresques splendides de Tiepolo. Pas à pas, attentivement, nous traversâmes ces salles extraordinaires où résida jadis une famille princière pleine de magnificence et de prodigalité. La somptuosité pompeuse s'alliait au goût le plus exquis, et le style le plus délicat à une richesse exubérante, capricieuse. Le château lui-même semblait gigantesque à nos yeux stupéfaits ; ses dimensions colossales montraient à nos yeux la toute-puissance, terrible à tout bien prendre, des princes d'antan. Le vaste Hofgarten, aménagé avec art, nous fit penser à un conte de fées. Aux yeux du monde extérieur, les rois et les princes savaient produire une impression royale, et quiconque posait ensuite le pied dans le luxe intérieur, étourdissant, devait aussitôt reconnaître, courbé et glacé par la puissance de ce spectacle fabuleusement beau, qu'en regard de la hauteur princière, il n'était qu'un pauvre, faible sujet insignifiant, terré dans l'humilité et l'obéissance, voué par le destin à supporter avec résignation ou peut-être même à chérir toutes les dures épreuves et tous les présupposés qui l'humiliaient, le déshonoraient.

Ce furent huit journées d'été radieuses. Dauthendey voulut savoir si j'avais encore de l'argent. « Non », répondis-je. C'est bien ce qu'il avait pensé, répliqua-t-il avec un sourire extrêmement compréhensif, et il m'en donna un peu. Lui-même était assez serré. Côté finances, les artistes vivent en général plutôt chichement ; circonstance regrettable qui cependant n'empêche pas les intéressés de donner généreusement et sans arrière-pensée, comme des frères. En contrepartie, ils ne réfléchissent pas longtemps avant de prendre.

N'allai-je pas me baigner dans le Main, peut-être ? Et comment ! Et à ce propos, il faut mentionner l'imposant vieux pont du Main, tout orné de statues, qui est l'une des curiosités de Wurzbourg. Ne passait-on pas les soirées sous les épais feuillages de grands arbres dans un jardin de musique, devant un verre de vin ou de bière, à écouter, plein de délectation, des musiques mozartiennes ou autres ? Splendide, la série de belles nuits tièdes, dont je passai l'une, car je m'étais si bien attardé que l'on ne m'avait plus laissé entrer dans l'auberge, en plein air sur un banc public. Un gendarme qui patrouillait pendant la nuit promena un long regard inquisiteur sur le client logé à la belle étoile, se sentant probablement obligé de décider si le dormeur qu'il avait sous les yeux était un coquin, et donc un danger public, ou un honnête homme, et donc un élément d'utilité publique. Le lendemain, j'étais un peu somnolent. D'étranges visages, des visions, des formes, parmi lesquelles des personnages, tel un Romeo sans tête dans *Romeo et Juliette* de Shakespeare, brillaient devant moi en rouge foncé sur le jour bleu radieusement clair, sous le ciel léger et lumineux. Mes yeux ivres de sommeil ou, plutôt, mal reposés fixaient un orient flamboyant, un pays imaginaire, et le sol sur lequel je marchais, ou sur lequel je paraissais du moins assez bien déterminé à marcher correctement tournait autour de moi comme en rêve.

Il fallut bien me faire à l'idée que j'étais un parfait archivagabond et propre à rien, et du moment qu'une telle impression, malgré tout, ne me plaisait nullement, j'estimai in petto qu'il ne serait pas du tout déplacé de me résoudre lentement à imposer un but respectable à cette vie de bâton de chaise, et en conséquence, de rétablir Monsieur le Comte ou Monsieur le Paresseux, pour peu qu'il veuille bien avoir l'obligeance de consentir à ce nécessaire ajustement et de laisser tomber toute éventuelle protestation au nom de son confort, sur des voies plus laborieuses.

Ne mangeai-je et n'engloutis-je pas, dans un ravissant jardin planté de marronniers, sur une berge ensoleillée, la meilleure des omelettes campagnardes, avec une appétissante salade verte ? Mais si, certainement ! Et ne m'advint-il pas de soutenir des conversations oiseuses avec une Russe qui étudiait les Beaux-Arts à

Munich, avec une Américaine sombre de peau et de prunelle, et avec de véritables, pures et authentiques Conseillères secrètes armées de lorgnons ? N'ai-je pas, moi, flâneur et oisif estival, écrit dans l'album d'une dame un assez long poème, frémissant de ferveur et de sincérité ? Si fait ! Et pourquoi pas ? Et n'ai-je pas joué, tout compte fait, un personnage entièrement inutile, sans but, sans appui, sans responsabilité, et par là, superflu ? Eh si !

Une gravité m'envahit, et je décidai de m'en aller, de repartir dans le vaste monde. À force de bayer aux corneilles j'éprouvais le besoin indicible d'une détermination logique, humaine, aussi rude qu'elle puisse s'avérer, j'étais attiré à un degré extraordinaire par l'ordre et le travail quotidien, et il n'y avait rien à quoi j'aspirais autant qu'à trouver et à accomplir une tâche quelconque.

« Je me vois dans l'obligation », dis-je à Dauthendey tandis qu'une dernière fois, nous suivions les calmes ruelles de minuit, chacun perdu dans ses propres pensées, « de vous demander vingt marks, afin de pouvoir partir pour Berlin demain matin. »

Il me donna l'argent sur-le-champ. Un douteux réverbère éclairait l'étrange transaction et la scène solitaire et songeuse.

« Je vous remercie ; car voyez-vous : une fatalité l'ordonne, et je dois m'en aller ! Moquez-vous si vous voulez ; cela ne m'empêchera aucunement de sentir que je prends très au sérieux ce que je vous dis-là. Je suppose qu'il y a quelque part un honnête combat pour la vie qui m'attend, et que je dois aller le livrer. L'indolente beauté, les tièdes et molles jouissances de l'été, musarder, s'attarder, rêvasser, tout cela, à la longue, je ne le supporte pas ; je ne semble pas être fait pour cela. Bien au contraire, je suis tout pénétré de la pensée merveilleuse, audacieuse, et de l'heureuse certitude qui me dit que je suis apte à me frayer un chemin dans le monde et ses brutalités, que je mangerai de la vache enragée jusqu'à ce que je trouve un travail correct et un sens supérieur. Je vous vois sourire – vous le faites sans doute parce que vous trouvez mon langage incroyablement pathétique. Mais moi, je trouve que la vie doit avoir une tonalité, une vigueur, et je crois qu'il y a des gens qui ne peuvent pas vivre sans un parfum d'aventures. Adieu !

J'imagine que Berlin est la ville qui me verra ou bien tomber et me perdre, ou bien grandir et m'épanouir. Une ville où règne le dur, l'âpre combat pour la survie, voilà ce qu'il me faut. Une telle ville me fera du bien, me stimulera. Une telle ville m'exaltera et en même temps, elle me domptera. Une telle ville me rendra conscient que je ne suis peut-être pas entièrement dépourvu de qualités. Tôt ou tard, à Berlin, j'apprendrai ce que le monde veut de moi et ce que pour ma part, je peux attendre de lui. Pour ça, je le devine, je le vois à moitié, déjà ; mais obscurément. Là-bas, à Berlin, ce sera limpide ; là-bas, à Berlin, un soir viendra, ou un matin, où je le saurai avec toute la clarté voulue ; il faut agir ; oser ! À Berlin, dans le tourbillon et le tumulte et dans toute l'agitation de la vie trépidante de la métropole, dans l'activité et l'efficacité fébrile, je trouverai la paix. Ce que je dis ici, j'en ai la certitude, et ce que je dis, je vais le vivre. »

Dauthendey tenta amicalement de me persuader de

renoncer à ce voyage ; mais le lendemain matin, en dépit de tous ses discours dissuasifs, j'étais dans le wagon qui m'emportait vers l'incertain.

Ah, que c'est magnifique, de prendre une décision et d'aller, plein de confiance, vers l'inconnu.

IX

L'Indienne

Le bord du lac était féerique, de nombreux promeneurs allaient et venaient sur la rive pour jouir de la beauté et de la magie de cette nuit d'été. En ce qui me concerne, je sortais de la vieille ville et de ses austères recoins, et je pus constater que j'étais très chic. En fait d'argent et d'espérances, je n'en avais pour ainsi dire pas ; en revanche, la ferme résolution m'habitait de vivre quelque chose de beau au cours de cette merveilleuse nuit enchantée. Pour moi, ce fut déjà une sorte d'aventure, de suivre l'avenue de la gare où les arbres projetaient fantomatiquement des ombres de feuilles sur le trottoir et sur les murs. Les feuilles imitées, dessinées, bougeaient comme les feuilles véritables et naturelles. Tout semblait chuchoter, trembler dans l'obscure chaleur moite. Des rêves s'étaient éveillés, avaient pris vie ; des esprits et des pensées avançaient doucement dans des vêtements souples, mystérieux, dans l'atmosphère surchauffée de la rue vespérale.

De la musique s'échappait d'un palais ; je m'approchai. C'était un hôtel dans le jardin duquel on donnait un concert. Sur la terrasse, contre la balustrade, le visage sombre et ses grands yeux noirs emplis d'une colère contenue, une femme était assise qui devait être, me sembla-t-il, quelque chose comme une Indienne. Sa chevelure et ses gestes pensifs étaient magnifiques. Je m'arrêtai juste devant elle, reculai aussitôt dans les ténèbres impénétrables qui étaient alentour, puis me présentai à nouveau à sa vue. Je m'amusais de ce jeu. La femme commença à me prêter attention ; l'étrange manège de l'inconnu devait l'intriguer.

Sans réfléchir davantage, je m'avançai vers elle dans le jardin et si je m'enhardis à l'aborder, c'est que j'étais fermement convaincu qu'il ne pouvait que lui être agréable d'entamer la conversation. Heureusement, je ne me trompais pas du tout ; car je la vis sourire gentiment aux paroles que je disais, et sa morosité céder à l'amusement.

« Bien que vous paraissiez riche et distinguée, vous ne dédaignerez peut-être pas de vous promener en ma compagnie. La nuit est si belle, et vous êtes si seule. »

« Ne faites pas de bruit et sortez tout de suite du jardin. On me surveille, ici. Je viendrai », dit-elle.

J'obéis et m'éloignai. Peu après, je la vis approcher. Elle était grande et une traîne ravissante, fantastique, bruissait derrière elle. Elle vint vers moi et me prit par la main en disant :

« Vous êtes un effronté ! Mais c'est avec plaisir que je viens me promener un peu avec vous, et je vous remercie d'avoir pris la peine de m'y encourager. »

Nous nous enfonçâmes tous les deux dans la foule, tantôt nous perdant dans le noir des ténèbres, tantôt réapparaissant prudemment aux endroits illuminés.

« Êtes-vous Américaine ? », demandai-je.

Elle dit : « Oui ! »

Nous montâmes dans une barque et là, il lui plut de dire :

« On dirait vraiment un enlèvement. »

Elle me regardait toujours intensément, et je n'étais pas de reste. Elle trônait dans le bateau comme une reine ; pour moi, j'avais l'air d'être son rameur. La reine était en fuite, pour échapper à la perdition qui la menaçait.

Comme je continuais à laisser filer mon imagination, un autre bateau piqua sur nous comme une flèche et nous frôla. Un seul personnage s'y trouvait, incognito. Mon Indienne et le personnage de la barque échangèrent un salut. Ils se connaissaient.

Nous fîmes demi-tour. « Serez-vous là demain soir à la même heure ? J'en serais heureuse », dit-elle. Mais le lendemain, il pleuvait et je restai chez moi.

« La pluie et les traînes magnifiques ne vont pas ensemble », me dis-je philosophiquement, et pour le reste, d'autres choses avaient brusquement pris plus d'importance. Ainsi donc, je me moquai de la belle étrangère ainsi que de moi-même et pour la centième ou deux centième fois, comme souvent déjà, donc, je décidai qu'à l'avenir, je serais prosaïque, pratique et raisonnable, un point, c'est tout.

X

Le compagnon

Il était une fois un garçon qui voyageait à pied et qui arriva devant un ravissant petit château de chasse niché dans la claire et douce verdure du printemps. Il fit halte, et comme le ciel était bleu et le pavillon ravissant, l'envie lui vint de chanter, et il chanta une jolie chanson de marche, fraîche et insouciante.

Le petit château était habité par une dame seule, que l'on pourrait dire noble, riche, distinguée, et qui entendit la chanson. Curieuse, elle sortit sur son mignon balcon et voyant que le chanteur était si jeune, si joli et si bien élevé, le chapeau à la main, sa jeune tête couverte de boucles blondes, et qu'il levait vers elle des yeux si libres et si joyeux, elle ne put se retenir de lui adresser aimablement la parole. Ce qu'elle fit, lui proposant de monter auprès d'elle ; elle lui donnerait quelque chose à manger.

Bien entendu, le brave garçon ne se le fit pas dire deux fois ; car un tel gaillard peut courir longtemps jusqu'à ce que quelqu'un, et qui plus est, une belle dame élégante, lui fasse une offre pareille. En quelques bonds, il fut en haut, où on lui souhaita très gentiment la bienvenue et le conduisit dans une belle chambre remplie de meubles en peluche grenat. Quand il eut bu et mangé, sous le regard ému et engageant de la dame, elle lui demanda qui il était, quel était son état, à quoi il répondit avec insouciance :

« Je ne suis rien encore. Mon métier m'oblige à parcourir le monde, et ce que je vais devenir, le ciel le sait mieux que moi-même. »

Le garçon et sa réponse sincère, joyeuse, plurent à la dame.

« Voulez-vous rester chez moi pendant quelque temps ? » demanda-t-elle. Il répondit spontanément que oui, et c'est ainsi qu'il resta chez elle. On lui donna une petite chambre pour y dormir. La dame s'occupait de lui comme si elle eût été sa mère. Elle lui préparait tous les jours le plus beau et le meilleur des repas, par exemple du poulet avec du riz, du lard et des œufs, et des haricots avec des côtelettes d'agneau, et le garçon, obligé jusque-là de subsister et de vivre de peu ne manqua pas, bien sûr, d'en profiter pour se régaler.

Le soir, lorsque le temps était clément, ils sortaient tous les deux sur le balcon pour jouir de la beauté et de la douceur de la nuit. Alors, la lune et les étoiles regardaient les deux humains silencieux, et eux de même. Ou bien ils se promenaient à loisir au jardin, sous les larges arbres ténébreux, menant toutes sortes de conversations belles et affables, s'exprimant et se questionnant l'un et l'autre en toute ingénuité sur leur vie passée.

Les jours filaient rapidement. Le monde leur paraissait à tous deux un beau rêve innocent. Entre-temps la dame, qui s'était prise d'affection pour le garçon et qui l'aurait, de ce fait, bien gardé chez elle pour toujours, remarqua qu'il aspirait en secret au vaste monde, rongé d'une nostalgie muette de sa vie d'autrefois, farouche et sans attache.

Elle lui donna à lire les livres les plus divertissants et lui offrit les plus beaux habits ; mais le garçon dédaigna les habits, et les livres le laissèrent indifférent. Il était de plus en plus taciturne. Il y avait quelque chose qui lui manquait ; il n'avait plus ni de goût ni d'attirance pour la vie qu'il menait chez la dame bienveillante.

Un soir qu'ils étaient assis sous la lampe, la femme lui dit : « Je vous aime comme un fils. Voulez-vous être mon fils ? »

« Non », répondit le garçon, « et demain à l'aube, il me faudra reprendre enfin la route. Ne pleurez pas. Laissez-moi parler. Laissez-moi vous dire que vous êtes beaucoup, beaucoup trop bonne pour moi, que vous gaspillez en vain tout votre amour, votre amitié et votre bonté. Je vous aime beaucoup ; mais je dois partir, courir le monde, lutter avec le monde. Un jeune homme ne doit pas se laisser gâter, il ne doit pas être ainsi choyé. Ma conscience m'accuse, m'exhorte à m'en aller afin de m'exposer à nouveau à toute la rigueur du monde, et il me faut lui obéir ; dès demain matin, je n'aurai plus le droit d'être chez vous. Quel traître je serais, si j'interrompais le voyage commencé et l'abandonnais pour toujours, si j'acceptais de me laisser dorloter et gâter, oubliant tout ce que je dois au sentiment que j'ai de ma propre valeur. Je vous remercie et vous demande pardon. Mais je dois devenir un homme et je dois vouloir éprouver ce que cela signifie. »

Ainsi dit-il, et tout ce qu'on put lui représenter resta sans effet. Il repartit le lendemain matin, aussi joyeux qu'il était venu, et il eut bientôt disparu.

XI

La lettre

Ayant glissé dans ma poche une lettre que la poste avait apportée et que je n'avais pas encore osé ouvrir, je gravis la pente à pas lents, jusque dans la forêt. Le jour ressemblait à un beau prince vêtu de bleu. De tous côtés, ça pépiait, ça verdoyait, fleurissait et embaumait. La forêt faisait mine de n'avoir été créée que pour la douceur, l'amitié et l'amour. Le ciel bleu ressemblait à un regard plein de bonté, le vent léger, à une caresse. La forêt était tantôt plutôt dense et sombre, tantôt plus claire, et le vert était si jeune, si suave. Là, je m'arrêtai sur le chemin bien dégagé, jaune pâle, tirai la lettre de ma poche, la décachetai et lus ce qui suit :

« Celle qui se sent obligée de vous dire que votre lettre l'a plus étonnée que réjouie ne désire plus que vous lui en écriviez d'autre ; elle s'étonne de ce que vous ayez eu la hardiesse de l'approcher de si près et elle espère qu'une fois pour toutes, c'en sera fait de cette sorte d'audace, de témérité et de frivolité. Vous a-t-elle jamais donné un seul signe que l'on pût interpréter comme le désir de savoir ce que vous éprouvez pour elle ? Inintéressants comme ils sont à ses yeux, vos secrets de cœur la laissent parfaitement froide ; elle n'a pas la moindre compréhension pour les épanchements d'un amour qui lui est indifférent et, pour cette raison, elle vous prie de bien vouloir prendre connaissance des raisons péremptoires qu'il y a pour vous de rester à une distance convenable de l'expéditrice de ces lignes. Dans des relations qui doivent être de nature simplement respectable, toute chaleur, ainsi que vous l'admettrez sans autre, doit être prohibée à tout prix. »

Lentement, je repliai la lettre qui renfermait tant de tristesse et d'accablement, et ce faisant, je m'exclamai : « Que tu es bonne, aimable et douce, nature ! La terre, les prés, les bois, qu'ils sont beaux ! Seigneur, et que tes créatures sont dures. »

J'étais bouleversé, et jamais encore la forêt ne m'avait paru plus belle.

XII

Vie estivale

Arrivé dans la ville familière des bords du lac, je louai une chambre. J'embrassai mon hôtesse dès le soir du premier jour. Elle se tenait sur le pas de la porte, une lampe à la main, ce que je considérai comme une bonne occasion de lui donner un baiser, voulant ainsi lui faire comprendre que je l'aimais. Elle ne repoussa nullement le tendre assaut ; bien plutôt, elle l'agréa tranquillement, sourit, et s'en réjouit.

Une légèreté entraîna l'autre. Je possédais deux jolis costumes et quelques économies que j'étais fermement décidé à dilapider. « Le dur travail viendra après », me disais-je. Je me faisais l'effet d'être très aventureux et bel et bien, je l'étais. Je m'étais accoutumé à une certaine hardiesse à laquelle je prenais beaucoup de goût. Comme le temps était beau, je mangeais là où les jeux du hasard me poussaient. À plusieurs reprises, je montai sur la montagne afin de m'asseoir pour me reposer dans le bois de mai, vert tendre, étonnant, à un endroit propice, soigneusement à l'écart, joliment caché.

Du moment que partout où j'allais je me conduisais comme un jeune homme fortuné, jovial et de joyeuse humeur, qui ne se formalisait pas du tout d'une petite prodigalité amusante, les gens me faisaient voir une bienveillance marquée ; ce que bien sûr j'appréciais.

Parfois, je restais couché la moitié ou tout le long du jour sur le sol de ma chambre et lisais avec une attention soutenue quelque roman du *Pavillon de jardin*. Les rues de la ville, dans la lumière d'une clarté éblouissante, étaient belles à ravir. Je me baladais comme un bon vivant de baron et bien des gens qui flânochaient ici et là, comme moi, se prenaient à me saluer comme une vieille connaissance. Je trouvais cela très drôle.

L'air de frivolité qui m'accompagnait et me parait me recommandait tout particulièrement auprès des jeunes filles, qui ont un intérêt marqué pour la légèreté masculine.

Une nuit, alors que je passais un pont, une fabuleuse figure nocturne, une démone, vint à ma rencontre, vêtue à ravir, de haute taille, avec une fantastique chevelure noire et une longue traîne. La traîne était comme tissée de roses ; la robe soulevée très haut laissait les belles jambes dégagées jusqu'aux cuisses épanouies. Les cheveux et les yeux étaient plus noirs que les ténèbres, les bas, blancs comme neige. « Tu viens avec moi ? » demanda- t-elle. La question était superflue. La belle nuit d'été et la superbe image nocturne, avec son allure insolite et son accoutrement sublime, ne formaient en cet instant à mes yeux qu'un seul tout de beauté ; et spontanément, de même que j'accueillais la nuit elle-même, j'accueillis aussi l'inconnue, et c'est ainsi que je suivis l'étrange apparition.

Le lendemain, j'achetai un ticket de loterie hongrois dans une banque de l'avenue de la Gare, un peu à l'étourdie. Dans ma dissipation, j'avais l'impression, en quelque sorte, d'être beau, et en effet, il y a une innocence, dans le dévergondage. La vie affichait un visage si engageant, que veux-tu ! Je me sentais donc tenu à l'insouciance et à la gentillesse, et je prenais à mon tour une mine joyeuse.

Ainsi me laissais-je vivre. Certes, je n'étais qu'à moitié d'accord avec ma conduite, donc pas du tout en harmonie avec moi-même ; mais je n'arrivais pas à m'en vouloir assez pour aller jusqu'à m'interdire, en quelque sorte, de jouir du monde. Sans pour autant mépriser la morale des livres, il me semblait recommandable, en ce qui me concerne, de me soumettre pour un temps aux lois du monde vivant, plutôt que de m'imposer une règle quelconque.

XIII

Le presbytère

Au cours d'un voyage à pied, j'arrivai vers le soir dans un joli village entouré de vertes collines. Je me présentai devant le presbytère où je sonnai. Un chien vigilant fit un terrible vacarme. Bientôt, le pasteur et son épouse se montrèrent à la porte. L'un et l'autre me dévisagèrent d'un air aimable et surpris à la fois. « Vas-tu te taire, enfin ! » dit le maître au chien. Quant à moi, il me demanda en termes choisis et pleins d'aménité ce que je désirais. J'avais depuis longtemps ôté mon chapeau de voyage, et non sans rire sous cape de mon discours, j'exposai ce qui suit :

« Au hasard de mes errances, je suis passé par ici, et à la vue de la cure accueillante dans laquelle je crois savoir qu'a séjourné ou séjourne peut-être en ce moment même la charmante jeune fille que je cherche pour lui présenter mes compliments, je me suis résolu, non sans hésitation, certes, car je craignais d'être importun, à tirer la sonnette, et me voici donc ici, entièrement inconnu de vous, rempli d'une certaine confusion qui, je l'avoue volontiers, ne m'est pas du tout désagréable, et j'aimerais vous demander, puisque vous me semblez être le pasteur le plus gentil et le plus humain du monde, si la demoiselle est ici.

Personnellement, à vrai dire, je ne connais pas encore cette jeune dame ; mais déjà, sur la base de tout ce que l'on m'a raconté à son sujet, je l'estime et lui voue une vénération tendre et sincère. Elle doit également s'être renseignée de la façon la plus obligeante et la plus agréable auprès de ceux qui ont eu commerce avec elle et qui à leur tour me sont proches, au sujet de l'individu tout à fait infime et insignifiant qui se trouve devant vous, en sorte que c'est presque mon bon et libre droit de me présenter à elle en vue de la plus désirable et de la plus charmante des rencontres. Pardonnez-moi, Monsieur le Pasteur, et vous aussi, Madame, de m'être arrêté aussi étourdiment devant votre maison ; mais sachez que lors de mes longues marches, je suis toujours, curieusement, d'excellente humeur, et dans cet état d'esprit, j'ai vite fait de m'imaginer que tous les hommes le sont également, et puis, cette belle soirée m'avait déjà donné l'impression si profonde, si singulière, de me trouver chez moi, posant sur moi des yeux si indulgents, si remplis d'intelligence, exactement pareils à ceux que vous avez la bonté de poser sur moi maintenant, cher Monsieur, chère Madame. Si la demoiselle est ici, elle pourrait peut-être sortir un instant, afin que je puisse la voir. »

Mes deux respectables interlocuteurs souriaient.

« La charmante personne dont vous aimeriez faire la connaissance n'est pas ici », dit le pasteur, « mais qui êtes-vous donc, si vous permettez cette question ? »

Ce fut à moi de sourire. La petite scène avait quelque

chose de franchement amical et en même temps, de bizarre.

« Mon nom est tel et tel », dis-je, « et je suis ci et ça. Vous pouvez me considérer comme un étudiant qui parcourt le monde pour cause d'études. »

« Je regrette », repartit le monsieur, « que vous n'ayez pas trouvé ce que vous cherchez. »

« Eh bien je le trouverai peut-être à quelque autre occasion », répondis-je gaiement, et tout en priant ces gens qui m'examinaient attentivement mais gentiment des pieds à la tête de m'excuser, je leur fis un salut et passai mon chemin.

XIV

Marie

Je fus amené à loger dans une petite chambre qui avait dû servir autrefois d'atelier d'horloger. Puis-je affirmer que ce logement était tout à fait ravissant, qu'il se présentait comme la grâce, le confort et l'agrément faits chambre ? Oui, je le puis ! C'était une pièce étroite, assez longue, en sorte que je pouvais y aller et venir tout à mon aise, ce que je faisais avec grand plaisir. La rangée ou façade de fenêtres offrait une vue charmante sur la campagne.

La maison elle-même, qui pouvait à peine prétendre au titre de maison mais aurait dû se contenter de l'appellation de maisonnette, était toute proche de la ligne de chemin de fer et du rocher brun noirâtre qui affleure par ici, et elle ressemblait à une maison de sorcière.

Une sorcière y habitait en effet qui s'appelait Mme Bandi et n'était pas une sorcière, en fait, mais une femme très aimable et intelligente. Elle habitait en bas, au rez-de-chaussée, tandis que je logeais et résidais en haut, sous les toits.

Je voyais chaque jour un bon vieillard qui n'était autre que mon père et qui avait l'air touchant, avec ses cheveux blancs. Après le déjeuner, il avait l'habitude de prendre son café noir en lisant le journal, exercice qui l'amenait invariablement à s'assoupir ou à s'endormir, faiblesse qui l'agaçait toujours un peu, après coup. Père était encore loin d'accepter d'être vieux, et il détestait ces petits rappels de son âge déjà assez avancé.

La maison était pourvue d'une élégante petite terrasse ou véranda, ainsi que d'un gracieux jardinet très pimpant et sympathique. À l'est, un ancien secteur du cimetière jouxtait la maison, avec des urnes du bon vieux temps. À l'ouest, le lac se déployait dans toute son étendue. Au sud, c'était la vieille ville avec ses maisons pleines de dignité, ses sveltes tours fortifiées, sans compter toutes sortes de vieux jardins saugrenus parsemés de grands sapins imposants.

J'étais bien entendu assez, ou même extrêmement content d'une chambre dans laquelle, de mon point de vue quelque peu fantaisiste, j'en conviens, un prince de sang en exil à la suite d'éminentes machinations politiques eût pu trouver un asile transitoire. Quand les nuits étaient belles, la petite pièce ou chambre resplendissait d'une blancheur scintillante ; il y eut en effet quelques nuits féeriques, fabuleusement belles et transparentes avec un clair de lune infiniment doux, un ineffable romantisme de clair de lune.

Mme Bandi avait quelque chose de réservé et de distingué, seule sa façon de parler était presque un peu trop savante à mon gré. Elle lisait beaucoup. Ses écrivains et ses poètes préférés n'étaient d'ailleurs pas les miens ; mais la chose est bien compréhensible. L'autre sexe aura toujours un autre goût et une autre sensibilité. On ne pouvait plus vraiment prétendre que Mme Bandi fût belle ; mais elle gardait les traces évidentes de sa beauté passée et elle avait beaucoup d'esprit. Comme toutes les personnes qui ont de l'esprit, elle était quelquefois un peu acerbe. Ici ou là, elle écrivait, sans être pour autant un véritable écrivain, ce qui, je l'avoue franchement, aurait pu m'être un peu désagréable étant donné les circonstances. Sa bouche avait une expression légèrement cassante ; dans ses yeux veillait quelque chose de distant et de froid. Sinon, elle était très gentille. De manière générale, elle se piquait d'être profondément insatisfaite et se considérait comme malheureuse. Apparemment, il suffit de se croire malheureux pour l'être bel et bien. Elle s'entourait d'un chien et d'un chat, de littérature et d'idées mélancoliques et parfois, c'était à croire que si elle était encore en vie, c'était seulement parce que la mort clémente et compatissante n'était pas encore venue l'emporter. Souvent, elle était littéralement assaillie de crises de larmes, douces, mais à peu près intarissables. Désirait-elle être délivrée de la vie ? Je n'en sais rien, et ne saurais rien dire à ce propos. Et puis à mon avis, on fait bien de passer sans rien dire sur les choses peut-être par trop délicates.

Par rapport à la jolie chambrette dont il disposait à sa guise, et quant aux capacités financières présumées assez médiocres de son locataire, mon bon père, dans sa prudence peut-être excessive, avait exprimé à haute voix quelques grands et petits doutes ; car il connaissait, sinon à la perfection, du moins assez bien probablement son risque-tout de fils, parfois hardi et impulsif, il est vrai.

« Mais seras-tu en état de payer, mon cher fils ? Il ne faut pas m'en vouloir de cette question. Tu sais que je ne suis pas riche », avait-il dit, tout en portant d'une manière très soucieuse sa bonne vieille main à son oreille et en prenant un air extrêmement anxieux.

En riant, je posai cent francs sur la table et la délicate affaire fut réglée.

Comme mon père hésitait de bonne foi à accepter l'argent tout de suite, je me permis d'ajouter, avec la superbe d'un Grand d'Espagne : « Surtout pas de chichis, je t'en prie », sur quoi mon père et donneur à bail s'empressa d'aller chercher du vin et deux verres afin de se servir et de me servir un verre, ce qu'il exécuta avec une sorte de correction et d'empressement juvéniles qui firent ma sincère admiration.

Mon père, dans la mesure où les circonstances extérieures le lui permettaient, avait toujours été un homme obligeant, aimant la vie, courtois et poli, et il fut toujours, je puis vraiment le dire, un maître dans l'art de servir et de présenter le vin.

Je ne saurais poursuivre ce récit sans mentionner ce qui doit absolument être mentionné, souligné et expliqué, à savoir que je venais de m'évader d'un emploi à vie véritablement somptueux auquel j'avais renoncé après un bref temps de réflexion, croyant pouvoir me dire que j'étais encore trop jeune pour rester définitivement assis et collé quelque part, et de ce fait, pas encore trop vieux pour quitter une place et y renoncer de gaîté de cœur ; qu'à mes yeux, il était encore beaucoup trop tôt pour m'enchaîner définitivement à une tâche professionnelle monotone, quotidienne, régulière, et par là définitivement à un seul et même lieu de séjour sec et ennuyeux ; que le plus solide et le plus coquet des revenus annuels ou mensuels ne me dédommagerait jamais assez d'avoir renoncé prématurément à ma liberté de mouvements.

J'avais eu l'audace de repousser une offre d'emploi ferme qui m'avait été présentée dans la quasi-certitude que je la signerais avec le plus vif et le plus grand contentement, et ce faisant, j'avais eu l'aplomb vraiment inconcevable de rejeter une entrave qui en un sens aurait pu me séduire, puisqu'elle représentait une existence assurée.

Ainsi, j'étais à présent installé dans une pièce qu'un affable vieillard m'avait cédée de bonne grâce, et comme je disposais de tout le temps libre que l'on voudra, je rôdais, baguenaudais, musais et musardais une partie du temps dans les bois, et puis j'écrivais à l'occasion un essai tout à fait réussi peut-être sur le vagabondage. De temps en temps, je roulais et grillais une cigarette française ou fumais l'une des nombreuses pipes de mon père qui ne me l'interdisait pas du tout. Je possédais deux jolis complets vestons tout entiers et un peu d'argent âprement économisé.

Je me tins ce discours très sérieux : « Même si pour l'instant, il m'arrive encore d'hésiter et d'avoir l'allure, parfois, de la crème des bons vivants, je ne doute pas un instant que le jour viendra, bientôt peut-être, où j'aurai l'air d'être la résolution en personne, et où je serai prêt à prendre la vie à bras-le-corps, dans toute sa rudesse et dans son absolue nudité, aussi vaillamment que n'importe qui. »

Je n'étais pas peu fier de ce monologue.

Le printemps s'annonçait ; toute proche, la place du

marché, avec sa charmante mêlée d'humains et de marchandises, était belle à ravir, dans la clarté du soleil et l'air transparent du premier printemps. Des jardins avoisinants et à travers toutes les ruelles, étroites ou plus larges, montaient les voix des oiseaux, délicieuses, enjôleuses, pleines de promesses. Des couleurs connues de longue date, inspirant confiance, pointaient ici ou là, et de tous côtés, tout n'était que fringale d'amour et plaisir d'amour. Des voix s'élevaient, puis d'autres voix encore, et les enfants s'emparaient des rues et des places pour leurs jeux turbulents. Tous les sons et toutes les couleurs se fondaient à l'oreille et à la vue. Jeunes et vieux paraissaient plus affectueux, plus proches. Toutes les choses bonnes semblaient étroitement apparentées ; tout était agréablement inspiré, animé, émoustillé. Tout le divers, toutes les choses éparses composaient une totalité heureuse, bénéfique. La joie, la bonté et l'indulgence semblaient cheminer parmi les hommes pour les réconforter, comme des figures lumineuses et propices.

J'allai dans les bois où je cueillis des fleurs et de jolies petites herbes que je disposai de façon séduisante et éloquente dans une boîte, en sorte de suggérer un minuscule jardin de printemps. Je déposai soigneusement sur le tableau de fleurs un billet sur lequel j'avais écrit quelques tendres aveux, et j'envoyai le tout à une jeune actrice qui avait tenu le rôle de Louise dans *Intrigue et amour*.

De plus, non sans succès semble-t-il, j'avais noué d'autres relations, en particulier, pour la première fois de ma vie, avec une revue artistique et littéraire.

De temps en temps, je croyais devoir organiser, exécuter ou entreprendre la tournée des auberges, des meilleures et des pires. La bière ne consentait sous aucun prétexte à cesser de me plaire, et je ne voyais pas l'avantage qu'il y aurait eu pour moi à vivre comme un moine.

Parfois, lorsque j'étais chez moi, occupé à écrire avec ardeur, Mme Bandi entrait dans ma chambre pour voir ce que je faisais. « Mais qu'est-ce qu'il écrit là, Monsieur le Baron ? » demandait-elle d'un ton taquin. Je répondais sur le même ton : « Toutes sortes de sottises. »

L'après-midi, presque tous les jours, elle m'offrait une tasse de thé au salon, ce qui, on le comprend, était chaque fois prétexte à causerie. Elle avait parfois des visites, à cette heure-là. Si à son tour, elle voulait aller voir quelqu'un, je l'accompagnais. Souvent, aussi, nous allions faire une petite promenade ensemble.

Peu après, pourtant, je me rapprochai d'une femme d'un tout autre genre. Chez Mme Bandi, la moindre phrase, le moindre mouvement trahissaient le type même de la femme cultivée ; l'autre, cependant, il m'était impossible de la tenir pour cultivée. Mais je vais parler de cette femme dans un instant.

Auparavant, j'aimerais encore mentionner que l'heure du coucher et celle du lever, de bon matin, faisaient ma joie. Par beau temps, ma chambre débordait de la radieuse clarté du soleil dans laquelle je me baignais à cœur joie. Chaque jour, je gravissais une petite ou une grande partie du chemin qui menait sur la montagne voisine, et c'est là, dans cette forêt d'une hauteur fantastique, que je fis un jour la connaissance de l'étrange créature féminine dont je viens de parler.

C'était le soir ; profondément absorbé dans diverses pensées, tandis que le soleil couchant éparpillait ses braises dorées dans la merveilleuse, la profonde verdure débordante d'exubérance et de jeune splendeur, j'allais mon chemin lorsque, soudain, une grande femme, cachée jusque-là par des buissons qui dépassaient, se dressa juste devant moi. Je m'arrêtai net, émerveillé et bouleversé à l'extrême ; car jamais encore je n'avais vu, ni de loin ni de près, à plus forte raison, d'apparition à la fois si étrange et si belle. Elle s'approcha avec un sourire aimable et me tendit sa main, que je saisis sans la moindre vilaine hésitation, sur quoi la femme me conduisit plus avant au cœur de la forêt, tout en me disant qu'elle voulait me montrer une place où nous pourrions être tous les deux ensemble, sans être du tout dérangés. Merveilleux, un bien-être intérieur m'envahit. Un bonheur tel que je n'en avais jamais connu auparavant, ni ne devais jamais en connaître par la suite, me caressait de toutes parts de son souffle. Je me sentais transporté au pays des contes, et les hauts et sveltes sapins silencieux qui longeaient le chemin secret me semblaient être des palmiers. Quelque chose de vague, un je-ne-sais-quoi de bon et de beau auquel je pensais me poussa à dire à l'inconnue à voix basse, calmement :

« Je t'aime. Emmène-moi où tu voudras. J'ai confiance en toi, dans tous les sens, et je me fie à toi de toute mon âme. »

Elle me jeta un regard tendre, toujours très sérieuse. Sans commenter d'un seul mot mes paroles, elle m'entraîna plus loin jusqu'à ce que nous arrivions à un endroit clos qui dans son isolement lui parut convenir pour s'asseoir sur le sol, ce que nous fîmes, et pour nous contempler l'un l'autre sans craindre d'être dérangés, ce dont nous avions autant l'envie que le loisir. Le temps semblait arrêté et la forêt verte, tout l'espace qui nous environnait semblait transformé en une vaste tente de fête, radieuse et pittoresque, prête à mettre, dans sa splendeur, le comble à la félicité de deux amants silencieux et bienheureux. Le sol moussu sur lequel nous étions assis, serrés l'un contre l'autre, était doux et beau et me semblait aussi précieux qu'un tapis princier. Les tapis de Perse n'invitent pas de manière plus engageante ni plus pressante à s'asseoir et à se reposer que ce cher humble sol vert de la forêt, sur lequel nous prîmes un plaisir délicieux à notre ravissement.

Toute perturbation, toute contrainte, toute agitation étaient bannies, comme disparues à jamais ; rien d'imparfait ne troubla ni ne vint perturber la jouissance de l'heure féerique que je passai avec cette femme merveilleuse dans ce coin de forêt, dans les chers, doux murmures et dans la pénombre des bois. Seul le soleil du soir, avec ses ultimes et débordants rayons d'amour, pénétrait encore comme une rose dans la bienheureuse retraite, et seule une faible brise nous tenait une sorte de compagnie agréable et enviable, en insufflant de loin en loin un mouvement froufroutant, chuchotant, aux feuillages frêles et légers qui nous entouraient. Sans détacher mes yeux attentifs de la femme, je l'embrassai et elle consentit au baiser. Un sourire angélique flottait sur les lèvres que j'effleurais de ma bouche. L'extase fusa à travers mon âme indiciblement paisible.

Comme je lui demandais qui elle était et comment

elle s'appelait, elle me répondit qu'elle me le dirait une autre fois. Je fus content de cette réponse évasive. Tout son comportement naturel, dépourvu d'affectation, dénotait un être d'une haute dignité. Son caractère me paraissait d'une profonde gravité, et néanmoins d'une constante sérénité. C'est à peine si nous échangeâmes quelques mots, si parfaite était notre délectation à rester côte à côte, silencieux et songeurs. Elle était là, sérieuse et belle et courageuse. « Apparemment, c'est une créature d'un rare naturel. À quoi peut-elle bien penser ? » me disais-je tout bas.

La nuit était venue depuis longtemps ; tout était obscur.

« Il va falloir que tu rentres chez toi », dit-elle.

« Et toi ? » demandai-je.

Elle reprit : « Ici, dans la forêt, je suis chez moi. »

Nous nous séparâmes.

Mme Bandi était en train de traduire une petite nouvelle du polonais. Les tâches ménagères qu'elle avait à accomplir n'exigeaient semble-t-il qu'assez peu de force et de temps. À l'occasion, elle me demanda de relire le travail littéraire en question, et peut-être, ici ou là, de bien vouloir l'aider à le corriger. J'obéis, c'est-à-dire que je fis ce qui m'était demandé, non sans m'ennuyer horriblement et sans parvenir, de ce fait, à réprimer tout à fait un bâillement certes assez odieux et deux ou trois jolis soupirs énormes, interminables, extrêmement impolis sans doute, car totalement déplacés. Le produit polonais me paraissait trop sentimental et ténébreux. Des corbeaux noirs, noirs et encore plus noirs ; des larmes, des larmes et encore des larmes volaient et ruisselaient de tous côtés dans la colossale nouvelle, non sans d'épouvantables pressions, compressions et croassements. Mon garçon, mon garçon, boucle-la, ou tu cours à ta perte inéluctable. – Bref ! La monstrueuse, l'inouïe, la tragique histoire noire comme un corbeau était loin d'être à mon goût. Mais écoutez, mon cher, les paroles de Mme Bandi, qui entretenait tout de même une correspondance avec le jeune auteur polonais, un être prodigieusement intéressant, sans aucun doute.

« Vous êtes un effronté, un impudent, un drôle d'oiseau, savez-vous ? Êtes-vous prêt à vous repentir sur-le-champ de vos soupirs moqueurs et de votre bâillement stupide, êtes-vous prêt à me demander pardon ? Oui ou non ? Oh, vous alors ! »

Ce furent ses mots, et l'indéniable absence de respect polonais et de compréhension polonaise que j'avais osé afficher de façon par trop voyante et imprudente fit qu'elle me dévisagea d'un air très, très pincé, ce qui bien sûr me fit éclater de rire. Bien entendu, je présentai mes excuses à l'indignée avec force politesse et circonlocutions. « Attendez seulement que je vous... ! » fit-elle en riant à son tour.

Elle jouait de temps à autre d'une espèce de mandoline, et parfois elle chantait ; sa voix n'était cependant pas assez forte pour que son chant pût régaler quelque oreille que ce fût. En revanche, elle avait coutume d'adresser des discours très jolis et très drôles à son beau chat angora qui écoutait d'un air poli, avec des yeux qui faisaient croire qu'il comprenait chacune de ses paroles.

« Est-ce qu'au fond, vous ne menez pas une existence de vagabond, vraiment désordonnée ? N'avez-vous pas honte ? Ne vous faites-vous vraiment jamais de reproches ? » me dit un jour Mme Bandi.

Je me permis de répliquer : « C'est une question de point de vue. Je ne suis pas du tout fâché de mon mode de vie actuel, apparemment inconsidéré, et cela, pour la bonne raison qu'en ce moment, je puis me dire que je ne gêne absolument personne et que je saurai pourvoir à ma subsistance future, du moins espérons-le. »

Cela dit, j'étais parfois le premier à me reprocher mon oisiveté prolongée, sans trop m'en inquiéter cependant. Je songeais continuellement à un emploi, me promettais de travailler, mais ne me mettais pas à l'ouvrage pour autant, loin de là, continuant au contraire à flâner, sans travail et sans occupation d'aucune sorte. La méditation et la mélancolie me tenaient captif d'une façon singulière, à longueur de journée, je n'arrivais pas à me dégager vraiment de toutes sortes de pensées, j'avais l'impression d'être entravé par mes propres idées. J'étais en un sens à la fois le prisonnier et la prison, me sentant oppressé, paralysé, emprisonné par moi-même. J'étais libre et soudain, ne l'étais plus le moins du monde. Les cheveux blancs de mon père m'impressionnaient beaucoup. J'aurais voulu m'en aller très loin, marcher dans le vaste monde, ouvert, tonique, lumineux, et brusquement, toute envie, toute impulsion de le faire me lâchait, bien que je ne fusse certainement pas trop paresseux, au fond.

Dans ma petite mansarde, ce bijou, ce joyau, cet idéal de petite mansarde, j'écrivais à ma chère Mme Bandi, pour lui procurer quelque distraction, de brèves communications, lettres ou notes. Je jetais ensuite ces messages dans sa boîte à lettres au pied de l'escalier. Voici l'un de ces petits mots :

Chère madame Bandi ! Là-haut dans ma chambre, je me trouve comme au beau milieu d'une histoire où il est raconté, écrit ou publié qu'un beau jour un jeune homme sympathique, mais pas très malin peut-être, était assis dans une jolie mansarde et rêvait pour lui tout seul. Quelquefois, j'ai l'impression d'être une figure de rêve ou un personnage imaginaire. Je ne vis pas et pourtant je suis vivant. Comment est-ce possible ? Et vous, comment allez-vous, en bas, au rez-de-chaussée ? Que faites-vous en ce moment ? Pour le petit déjeuner, je vous souhaite cent, ou même mille fous rires. Notre cher soleil brille jusque dans ma chambre, sur la table, sur mon papier, sur le bout de mon nez et tout au bout de la plume qui griffonne ces mots stupides. N'est-ce pas, vous pensez aussi que le monde est magnifiquement beau. En ce qui vous concerne, je trouve que vous êtes une femme très gentille et je déclare tout rondement que j'ai bel et bien, pour ainsi dire, de l'affection pour vous. Mais comment pourrais-je vous prouver que vous m'êtes chère ? Je me considère moi-même comme un brave type, plus simple et honnête que louche, rusé et méchant, plus loyal que complètement dévoyé, plus droit que tordu, et plus insignifiant, hélas, qu'important et considérable. À tout bien prendre, je suis peut-être un homme tout à fait passable, charmant, encore que je n'en aie pas donné la preuve jusqu'ici. Je vous prie de bien vouloir vous efforcer de faire en sorte de croire qu'à certaines conditions, je pourrais si je le voulais être très charmant. Vous-même êtes en tout cas une dame très charmante.

Il arrivait que Mme Bandi rie de bon cœur de pareils épanchements. Elle avait l'habitude de le faire d'une façon si argentine et si drôle que c'était un vrai régal de l'entendre rire. Est-ce que les moments amusants ne sont pas, finalement, les plus beaux de notre existence, pauvres humains que nous sommes, malheureusement trop souvent accablés de tristes humeurs ?

À cette époque, je montai un jour sur la montagne avec un homme simple et probe. J'ai gardé un souvenir précis de la conversation très agréable et bienfaisante que nous eûmes en chemin, et l'excellente personne en compagnie de qui je cheminais développa l'idée que si nous autres humains étions incapables, au cours de notre vie, de nous libérer d'une certaine inquiétude et de certaines aspirations fébriles, nous en libérer ne devait pas davantage être le but de nos efforts ; qu'en tant que telle, notre aspiration au bonheur était beaucoup plus belle, beaucoup plus subtile, importante, et pour cette raison, au fond, probablement bien plus désirable que le bonheur lui-même, qui n'avait quant à lui pas même besoin d'exister, peut-être, du moment qu'un effort ardent, exaltant, et qu'une exigence continuelle, avide de bonheur, non seulement satisfaisaient entièrement ce besoin, à certaines conditions, mais encore, lui correspondaient bien mieux, bien plus profondément ; que le bonheur tout court, sans plus de question, sans souci, ne pouvait être le sens du monde, le but et la finalité de la vie, etc.

« Pourquoi ne pas aller tout simplement, allégrement, en Italie ? Le ciel d'Italie, la gaieté italienne ne vous nuiraient pas, bien au contraire, vous en feriez votre profit. »

« L'idée n'est pas mauvaise, sans doute », dis-je.

Cependant, j'avais toujours en tête la belle étrangère de la forêt. Je lui étais aussi proche que de moi-même. Ma propre âme ne pouvait m'être plus familière.

J'allai voir les cygnes sous les grands marronniers, et tout en observant avec une attention minutieuse la grâce, la fierté sereine, le plumage superbe, le noble maintien des beaux oiseaux, je me replongeai avec ferveur dans toutes sortes de méditations sur la femme merveilleuse, étrange, qui flottait devant mes yeux et mon âme presque comme un rêve ténu, comme une brume, quoique je l'aie vue pour de vrai, de mes propres yeux, et touchée de mes propres mains de chair, de la façon la plus chaleureuse et la plus incontestable. De même que son image m'accompagnait constamment, j'entendais sans cesse à mon oreille le timbre mélodieux de sa chère voix, sombre et agréable. La pensée de la singulière et énigmatique beauté se confondait avec la vie. Respirer et penser à elle étaient pour moi une seule et même chose. Appuyé à la balustrade, je faisais mine d'examiner avec la plus grande exactitude et l'attention la plus scrupuleuse les jolis reflets miroitants de l'eau, mais je ne voyais qu'elle, qui m'attirait irrésistiblement, qui régnait sans partage sur mon existence, mes sens et ma raison.

Comme c'était le soir et qu'en plus, la soirée était belle, de nombreux promeneurs et promeneuses flânaient sous l'agréable verdure de l'allée. Alentour, tout était voilé d'une vapeur dorée, ensoleillée, d'une brume rêveuse, songeuse. Je vis Mme Bandi qui venait dans ma direction, et j'allai à sa rencontre pour la saluer ;

dans mon cœur, pourtant, j'étais avec l'autre, la créature de la nature, la merveilleuse apparition de la forêt.

Mme Bandi et moi nous assîmes sur un banc que personne n'occupait en cet instant, et elle prit la parole :

« Parfois, n'est-ce pas, vous m'avez vue pleurer, vous m'avez vue, au plus profond du découragement et du désespoir, déplorer un beau rêve perdu, vous m'avez vue pleurer quelque chose de cher, quelque chose qui donnait du prix à la vie, et qui m'a échappé pour toujours. Il vous est aussi arrivé de me dire ou de me faire comprendre que vous aviez de l'affection pour moi. Pourriez-vous, si je me voyais incapable de vivre plus longtemps, si je ne voulais plus rester en vie et cédais entièrement au désespoir, me rendre le service de me tuer, ce dont je ne trouverais pas le courage, tout en ayant fermement résolu de mourir ? Et mourir avec moi ? Aimeriez-vous cela, le pourriez-vous ? »

« Ne dites pas de choses aussi tristes. Je suis persuadé qu'il vaudra toujours la peine de rester en vie, avec patience et douceur ; car je pense que malgré le naufrage de tant de beauté, mainte heure harmonieuse peut encore fleurir pour vous. »

Ce disant, je m'efforçais de mettre dans ma voix autant de tendresse et de respect que possible. J'aurais pu en dire davantage, peut-être ; mais je croyais devoir sentir qu'un seul mot, n'importe quel mot tout simple était préférable dans ce genre de situation. Par ailleurs, je pensais avoir quelques raisons de me dire tout bas : « Elle ne parle peut-être pas aussi sérieusement que cela. »

Elle se leva et s'éloigna.

Je me levai au plus vite et porté par le désir, joyeusement exalté par l'avidité du revoir qui me possédait, j'escaladai le coteau raide, planté de vignes. Telle une blanche apparition de princesses, le lac du soir luisait au loin, blafard, d'une pâleur spectrale. Une flamboyante nuée de nuages roses flottait au-dessus du vaste et beau miroir de l'eau. Ayant rejoint le chemin familier, je la vis, comme un tableau ou une sculpture, comme si elle avait attendu longtemps et patiemment l'arrivant tardif, paisiblement assise sur un vieux mur disjoint. Ma joie de la revoir n'eut d'égal que le bonheur et le plaisir de plonger mes regards dans ses yeux vastes comme de profondes questions, et de pouvoir lui tendre la main. Dans son calme accueillant, sa fierté, sa force, elle ressemblait à une figure venue d'un âge d'or enfui depuis longtemps, et semblait appartenir à une autre zone que la nôtre. La force qu'elle incarnait, dans ce qu'elle avait d'invulnérable et d'incongru, et donc d'inviolable et d'incorruptible, mais aussi d'inartificiel et d'irréductible, ressemblait à la bonté, à la beauté, à la générosité de ce sourire de mère et de sœur qui était le sien, fort autant que doux, célestement bon, que je brûlais d'embrasser, et avec cela, ma foi, je la baisai, cette bouche humaine, féminine, la bouche la plus tendre, la plus chaude du monde, et ce ne me fut nullement refusé. Elle ne portait pas de chapeau ; sa chevelure ruisselait en un flot merveilleusement, fantastiquement sauvage que le soleil du soir couvrait de reflets dorés.

À pas lents, nous suivîmes ensemble le vieux chemin qui s'enfonçait dans le sous-bois touffu. J'étais heureux et sûr de moi comme jamais. Elle aussi se réjouissait de me voir, elle aussi était contente d'elle-même et de moi, je le sentais et je le voyais distinctement.

Bientôt, nous fûmes à nouveau installés dans la charmante cachette moussue que nous avions aimée l'autre fois, où je la pris doucement dans mes bras et où je me mis tout à mon aise sur son sein accueillant et bon, qui me parut être le plus beau et le plus doux des coussins. Me blottir longuement contre le corps de cet être chéri, serrer étroitement mon visage contre le sien, prendre tout mon temps pour l'embrasser aussi librement, aussi tendrement, aussi ardemment que possible, tout cela, et bien d'autres choses encore tout aussi délicieuses, me faisait penser, sans longue réflexion et sans que je trouve les mots pour le dire, à l'essor chaloupé, gonflé, de voiliers s'élevant jusqu'à l'idéal, et par conséquent, à un séjour dans des régions où vivent les bienheureux et les insoucieux, qui jouissent de joies infinies.

Elle me caressait le front, tout en me parlant d'elle :

« Je m'appelle Marie et je suis de l'Emmental. J'ai perdu mes parents de bonne heure et dès mon enfance, j'ai été placée entre des mains étrangères. Je travaillais bien ; c'est que je suis robuste. Petit à petit, tout ce que je voyais et entendais s'est mis à me paraître froid, incompréhensible et mesquin. Je n'ai jamais compris ce que les gens appellent la vie. Les petites pleurnicheries et les petits rires des hommes me sont devenus toujours plus étrangers, toujours plus incompréhensibles. Je n'avais aucune part à leurs joies sans durée ; j'étais incapable de comprendre leurs douleurs. J'étais tranquille et calme. Ni l'agitation ni la peur ne m'atteignent. Jamais je n'ai eu peur de quoi que ce soit. Les gens se sont mis à m'éviter comme si j'étais un revenant ; mais jamais je n'ai perdu ma sérénité et je ne la perdrai jamais. Ici dans les bois, je me sens bien. Je n'aime pas les hommes. En fait, je ne vis pas dans la forêt, contrairement à ce que je t'ai dit la dernière fois ; j'habite en bas, en ville, dans une petite rue ; mais je me sens toujours attirée vers ces hauteurs, assise ou debout, je passe mes journées par ici. Toi aussi, tu aimes la forêt. »

« Comme je t'aime toi », dis-je.

« Je ne pleurais jamais », poursuivit-elle, « mais je n'ai jamais non plus été particulièrement enjouée. Je ne comprends rien à ces différences, à ces choses multiples. J'ai toujours été sérieuse, toujours telle que tu me vois. Je n'ai jamais connu la colère ni la tristesse. Je suis toujours égale, et c'est pour cela que les gens ont dit que tout m'était égal, qu'ils m'ont vue d'un mauvais œil et m'ont chassée ; car ils veulent tout savoir et tout comprendre tout de suite. Mon mutisme, que j'aime autant que le ciel, auquel je crois, les a dressés contre moi. Je les ai choqués par mon calme, par mon silence, mais je n'étais pas calme et taciturne par provocation. Je n'ai jamais voulu offenser personne en étant celle que je suis. Je suis née comme ça ; mais les gens s'imaginent toujours que l'on fait exprès d'être comme ci ou comme ça. Tout cela n'est pas très important, maintenant que tu es près de moi, c'est même sans aucune importance. Tu es bon et tu m'aimes, et tu me fais confiance. Tu es calme et tu n'as pas peur de moi. »

Silencieux, tendant l'oreille, nous restâmes assis côte à côte jusqu'à ce que tout ce qui nous entourait retombe dans la nuit, et qu'elle prononce tout bas : « Rentre chez toi, à présent. »

Je ne parlai pas de Marie à Mme Bandi, je ne la mentionnai jamais. Mme Bandi n'aurait sûrement pas compris la joie que j'éprouvais, ni le besoin que j'avais de fréquenter une femme comme Marie. Et puis, je ne pouvais que l'indisposer, sans doute, en lui décrivant la beauté de Marie, en détaillant tout ce qu'elle avait de charmant, de séduisant et de précieux à mes yeux, et cela, je ne le voulais pas. Bien au contraire, il s'agissait d'éviter soigneusement toute allusion de ce genre. Blesser inconsidérément l'orgueil et la vanité tout à fait naturelle de qui que ce soit, manquer d'égards de cette façon-là ou d'une autre semblable, se montrer grossier, impoli, je considère et j'ai toujours considéré cela, Dieu merci, comme aussi indélicat que stupide, comme aussi brutal qu'inconsidéré, comme aussi lâche que cruel. Bref, toujours est-il que je trouvai recommandable de garder pour moi, par prudence, le secret de mon bonheur. Cela me paraissait juste, d'avoir à strictement éviter de divulguer mon doux savoir et de garder pour moi mes agréables silences pleins de promesses, y manquer n'aurait pu m'attirer que du dépit et me valoir des désagréments en pure perte. Si l'on est sûr qu'en parlant, on détruit quelque chose de bon, d'aimable et d'excellent, et qu'en se taisant, on ne fait aucun tort, aucun mal à personne, mieux vaut se taire.

Marie était toujours aussi belle et naturelle, et les nombreuses heures que je pus passer en sa compagnie, pour mon bénéfice et mon plaisir, me ravissaient toujours autant.

Un jour, j'allai me promener avec Mme Bandi aux environs de la forêt où j'avais l'habitude de rencontrer

Marie quand j'allais la voir, et le hasard voulut qu'elle vînt à notre rencontre. Bizarrerie, extravagance ou caprice, elle avait ce jour-là un éventail à la main. Des bracelets brillants, quoique visiblement de pacotille, ornaient son poignet. Un étrange reflet bleu marine jouait dans ses yeux aimables. Elle semblait bien être par excellence la femme créée pour l'amour et pour le bonheur d'autrui. Son expression triomphante, encore qu'infiniment modeste, la rendait pareille à une déesse. Légère et grande à la fois ; gracieuse, en même temps que presque un peu lourde, elle venait vers nous, ses pas étaient musique et ses mouvements, mélodies, à nouveau sans chapeau, en vêtements légers, donnant toute liberté à son corps magnifique.

Mme Bandi jeta sur Marie un regard qui n'était que trop rapide, et qui affichait une répugnance et un mépris injustifiés. Pour moi, qui me trouvai témoin de tant d'arrogance et de désobligeance inconsidérées, c'est la femme cultivée qui me fit pitié, elle seule, qui toisait avec indignation et dédain la bonne, l'ignorante enfant de la nature dont elle croyait devoir désapprouver l'apparence.

J'allais retrouver Marie aussi souvent que possible sans pour autant cesser de vénérer en Mme Bandi une féminité aristocratique et digne d'estime, du moment que ces deux extrêmes, chacun à sa façon particulière, me semblaient importants, car en effet, si mon cœur m'attirait du côté de Marie, c'étaient plutôt la soif et le désir de culture qui me liaient à la dame que Mme Bandi représentait pour moi.

Un jour, pourtant, Marie avait disparu, sans laisser ni le moindre signe, ni même la trace la plus infime. Sa disparition resta pour moi inexpliquée. Il semblait qu'elle n'eût jamais été là. Un doux parfum, une note de rossignol, une belle image et un souvenir de papillon, un souvenir léger comme un léger souffle du soir, c'est tout ce qui restait d'elle. Des jours entiers, dans une exploration tâtonnante, désordonnée, dans une triste recherche de la disparue, dans un effort confus, anxieux, qui demeura sans résultat, je battis en vain la forêt qui ressemblait à un logement abandonné dont l'habitante se serait enfuie.

Je ne revis plus Marie, et comme le moment me semblait enfin venu de me remettre en mouvement et de reprendre l'une ou l'autre activité, de saisir n'importe quel emploi fixe et de me réhabituer à une tâche orientée vers un but, je pris la décision de faire mes bagages, de prendre congé et de m'en aller.

– Où allez-vous ? demanda Mme Bandi.

– Je n'en sais rien encore. Bah ! Dans quelqu'une de ces centrales de la civilisation d'aujourd'hui, de la culture, du travail, des privations, des plaisirs raffinés, de l'élégance moderne et de la culture, dans l'une de ces grandes villes bruyantes où j'apprendrai à voir comment m'y prendre pour me procurer un peu de respect et de considération parmi les hommes.

– Ne voulez-vous pas rester ici quelques jours encore ?

– Non.

– Ne vous reverra-t-on pas avant longtemps ?

– C'est possible.

– Quelles expériences ferez-vous ? Comment vous porterez-vous ?

– C'est ce qu'on verra.

– Venez tout près de moi, comme un bon ami, et pour me dire adieu, embrassez-moi doucement et sagement sur le front.

Je fis ce qu'elle désirait et nous prîmes congé. Mon père me souhaita bon voyage et bonne chance ; moi, en retour, la santé et une belle vieillesse. Et puis je m'en allai.

XV

Fragment de la vie de Tobold

Pour être exact, c'est en tant que domestique que j'entrai à l'époque dans un château appartenant à un comte. C'était en automne.

Autant qu'il m'en souvienne, ce n'étaient pas le zèle, l'assiduité et l'empressement qui me manquaient. Je donnais satisfaction. Pas au début, bien sûr ; les premiers temps, j'étais un peu gauche. Mais il en aurait été de même avec n'importe qui, probablement.

Aujourd'hui encore, je me revois, raide, plein de gravité, dans la belle salle à manger. Un bon laquais doit incarner le calme autant que la vigilance. Je crois qu'avec le temps, j'ai été parfaitement à la hauteur de toutes les exigences imposées et de toutes les obligations à remplir. On me remit un excellent certificat.

Quant à l'intérieur du château, il était fort joli. Pour le simple bourgeois, les châteaux en eux-mêmes ont bien sûr quelque chose d'envoûtant. Dame ! Jusque-là, j'avais vu des salons, plus ou moins beaux ; mais ici, mes regards plongeaient dans des salles, et dans quelles salles, hautes et magnifiques.

C'était une enfilade de belles pièces. Il y avait des

pièces intérieures et des pièces extérieures, si l'on peut dire.

Pendant le repas, dans les grandes maisons distinguées, les laquais ont l'habitude de se tenir dans une posture modeste, mais assurée, debout juste derrière la chaise des maîtres occupés à manger. Tel est l'usage. On peut y voir une forme de bon ton, ou de style. À ces moments-là, je restais figé comme une statue, pour m'activer à nouveau un instant plus tard, vif et diligent.

J'aimais beaucoup les hauts battants étroits des portes de la salle à manger, qu'il fallait ouvrir dès que les maîtres s'approchaient, puis refermer avec soin juste après leur passage.

Il flottait dans cet immense château un parfum de distinction qui provenait tout d'abord du grand silence qui régnait dans tous les couloirs et dans toutes les pièces. Le comte lui-même marchait sans aucun bruit ; à combien plus forte raison ses domestiques.

Le comte était un homme très bien. Élancé et de haute stature, il avait un visage d'une laideur vraiment aristocratique. Le regarder, c'était craindre de lui déplaire.

Le garde du château, qui faisait preuve d'une incroyable insolence à l'égard de tous, tremblait dès qu'il entendait, fût-ce de loin, la voix du comte, tranchante comme la voix d'un commandant en chef né. Mais le comte était débonnaire. Lorsqu'il m'arrivait de le regarder, à la dérobée, il me donnait l'impression certaine d'une grande bonté.

Il était célibataire, circonstance de laquelle les gens du village se plaignaient vivement.

Le village était charmant. Je m'y sentis tout de suite chez moi, car il me rappelait tout à fait les villages de mon pays. J'ai l'impression que tous les villages du monde se ressemblent. La rue du village, ou rue principale, était jonchée de feuilles jaunes, et comme j'aimais à aller m'asseoir, dès que j'en avais le loisir, à l'auberge *Zum Deutschen Kaiser*, où la bière était imbuvable, à vrai dire. Et pourtant je m'en régalais.

Les petites grands-mères du village ressemblaient presque à s'y méprendre aux vieilles villageoises de chez moi, et de même, les modestes jardins.

Quant au château, je puis dire qu'il datait de l'époque de la Guerre de Trente Ans.

Le soir, c'est-à-dire à la nuit tombée, lorsque j'étais assis sous la lampe dans ma chambre située au rez-de-chaussée, il pouvait arriver que soudain un vieil homme apparaisse à la fenêtre, plongeant tout à son aise les yeux chez moi. C'était le veilleur de nuit.

Combien de fois il s'entretint avec moi, de sa voix encrassée par le tabac, et combien de fois, en échange de la distraction qu'il m'offrait, je lui remis un *groschen*. Ces *groschen* furent peut-être la cause de son renvoi, qui intervint un jour qu'il était complètement ivre. Pauvre vieux, je ne lui voulais que du bien, pourtant.

Souvent, quand j'étais seul à la table de ma chambre, plongé dans un livre emprunté en cachette dans la bibliothèque du comte, la pluie se mettait à tomber dans le parc noir, nocturne. J'aimais follement cela. En revanche, ce que j'aimais moins, et vouais au contraire à tous les diables, c'était mon lit de camp, dur comme pierre, qui trop souvent m'arrachait au plus profond sommeil.

Oublierai-je jamais comment je vis le comte pour la première fois ?

Nous quatre, les domestiques, soit le garde du château, le valet de chambre, le premier et le deuxième laquais, attendions à la porte à la lueur d'une lampe, en pleine nuit, l'arrivée du maître. Arrive la voiture vers laquelle tous les quatre s'élancent avec un empressement, disons, stylisé. On ouvre en hâte les portières, puis le comte se voit soulevé et porté dehors par ses serviteurs comme s'il était malade et incapable de se soulever tout seul, ce qui n'était absolument pas le cas.

Telle est donc la première image que j'eus d'un grand seigneur, et dorénavant, je sais comment les comtes se font accueillir par leurs domestiques lorsqu'ils rentrent de voyage en pleine nuit.

Une autre fois, comme j'étais assis et me reposais sur mon lit à l'heure de midi, la porte s'ouvrit. Accompagné d'une dame à laquelle il désirait apparemment montrer la chambre, le comte se dressa devant moi. Je sautai sur mes pieds. Le comte aimait à me faire voir à ses visiteurs, comme une espèce de curiosité du château. La dame eut un sourire très philanthropique. Puis tous deux s'éloignèrent.

Le parc était planté des plus beaux arbres, et comme c'était l'automne, alentour, et aussi loin que portait le regard, tout était jaune, brun et doré, et le ciel, pardessus des arbres, était d'un merveilleux indigo frais et lumineux. Fais-je erreur, ou n'ai-je vraiment jamais vu un automne aussi beau, aussi doux ?

Comme je le respirais avec délice, ce bon air vif de

l'automne, et le soir venu, me promenant dans le parc, avec quel bonheur, quel apaisement, quelle tranquillité j'élevais mes regards vers la lune.

Un domestique peut très bien faire ce genre de chose pour son propre plaisir. Personne ne m'interdisait de jouir du paysage, du moment que j'éprouvais tout autant de bonheur, si ce n'est plus encore, à mes tâches professionnelles, c'est-à-dire par exemple à mes lampes.

Si l'on venait m'interroger sur ce que j'ai vécu de particulièrement intéressant au château, je répondrais que mon expérience, en général et en particulier, consistait en ce qu'il m'était permis de voir que j'étais considéré comme un jeune homme travailleur, utile. Ce fut une grande joie pour moi, et une puissante satisfaction. Pour rire, je pourrais ajouter que j'appris à connaître, en la personne de l'une des deux ou trois femmes de chambre, une personnalité très intéressante. Mais pour être honnête, ce n'est là qu'une remarque ironique.

Le vécu, l'aventure, le plus intéressant résidait à mes yeux dans le simple fait d'être domestique, et à ce titre, d'accomplir ma tâche à peu près comme il faut. Un serviteur est là pour servir, simplement et loyalement, plutôt que pour vivre quelque chose, il n'a pas à être lui-même intéressant, ni à trouver intéressants ceux qu'il sert, mais il doit tout bonnement exécuter son travail avec un maximum d'attention, et tout mettre en œuvre pour que l'on soit content de lui. C'est ainsi, à peu près, que je résumais et résume la situation dans laquelle je vivais.

Si les lampes que je nettoyais me paraissaient

intéressantes, rien n'était à mes yeux aussi captivant, étrange et insolite que le parquet que je devais astiquer à fond. Je repense par exemple à un coin de parquet aux reflets sombres, où le soleil projetait une tache de jaune. Voilà le genre de choses que je trouve belles et attirantes.

Un vrai serviteur est silencieux, taciturne, humble et appliqué, dit poliment bonsoir et bonjour ; mais il n'y a rien en lui qui aspire à des expériences hors du commun. Il aspirera davantage à un bon pourboire qu'à des événements singuliers, stimulants, qui ne présenteraient aucune valeur pour son âme simple.

D'ailleurs, je suis d'avis que tout être raisonnable, loin d'aspirer à de grandes aventures, doit au contraire les redouter, du moment que jusqu'à nouvel avis, la tranquillité quotidienne et la paix quotidienne sont encore ce qu'il y a de plus désirable en ce bas monde.

Si j'ai vécu quelque chose de bel et bien important dans ce château, alors c'est certainement le charbon que je montais de la cave dans des seaux, non sans me salir chaque fois, ce que le garde avait l'insolence de critiquer. Et lorsqu'il me demandait : « Voyons, Tobold, mais de quoi avez-vous l'air ? » j'avais le toupet de répondre que qui va au charbon doit bien se salir.

Sinon, tout suivait paisiblement son cours, et la nourriture, ah, je ne peux pas dire combien elle me plaisait.

Le valet de chambre se distinguait par son caractère hautain. Il faisait plus le fier que le comte lui-même. Pour faire comprendre ce qu'ils sont, les véritables grands seigneurs n'ont qu'à se montrer anodins ; ils n'ont pas besoin de prendre de grands airs. Afficher des manières ostentatoires sied mille fois mieux aux petits qu'aux grands.

Quelle tendresse, quelle prévenance mettait le comte à poser le pied sur son propre sol et territoire. Chose très compréhensible ; car il tenait ses possessions en grande estime. Pour ce genre de personnes, il est impensable de se conduire avec moins d'élégance chez eux qu'à l'étranger.

C'est de lui qu'émanait également tout le noble recueillement qui soufflait si tendrement, comme un parfum et un effluve de fleur, dans les pièces du château.

Celui que le comte regardait, ou auquel il s'adressait, était heureux lorsqu'il surprenait quelque bonté dans son regard et quelque aménité dans ses propos.

Le comte était parfois moqueur et sarcastique, mais uniquement bien sûr avec ses pairs. On traite avec davantage d'indulgence ceux qui sont nos inférieurs et qui nous obéissent que ceux qui sont nos égaux. À quoi bon montrer les dents à un laquais.

Brièvement, j'évoquerai l'heure où l'on m'affubla d'un vieux frac noir, ainsi que la façon dont on me fit pivoter de-ci, de-là afin de m'examiner comme il faut sous toutes les coutures. Le frac, sur moi, avait l'air tout neuf, et j'eus la complaisance de me faire croire que j'y paraissais à mon avantage. C'était mon premier frac. Sur les boutons, on pouvait voir les armoiries du comte.

Un matin, je me rendis à pied au village voisin, chez le tailleur, pour une petite retouche. Si je me remémore la charmante promenade matinale qui me conduisit par les bois et par les champs scintillants, j'ai presque l'impression que c'était hier !

Comme j'ai joui, alors, de cette radieuse et bien-aimée fraîcheur matutinale ! Quelle joie de marcher. Par endroits, je courais et bondissais d'allégresse et d'enthousiasme. Exaltation, divine exaltation ! Joie, bonheur, audace, et probablement même pétulance s'insinuaient de haut en bas dans tous mes membres, au fond de mon cœur, dans mes jambes et mes bras, mes mains et ma tête, mes pieds et jusqu'à la pointe des orteils. Ô ravissement !

Oui, il y a dans la vie des heures où nous ne comprenons pas du tout pourquoi nous allons si bien. Les gaietés ne surviennent ni sur commande, ni sur notre désir ; elles sont là, tout à coup, prêtes à disparaître aussi capricieusement qu'elles ont surgi.

Du jardinier du château, on peut dire qu'il avait une fille belle à ravir. Lui-même était souvent assez grincheux, pour la bonne raison, apparemment, que Monsieur le comte, ainsi qu'aimait à le répéter Monsieur le jardinier, était loin de reconnaître assez ses mérites artistiques.

Comme je ne possédais pas de rasoir, je fréquentais assez régulièrement le barbier du village, en qui je découvris un personnage révolté, endurci et donc original, ma foi, qui fut accusé par la suite d'avoir volé du sucre, puis jugé, condamné et jeté au fond d'un triste cachot, mais pas à vie, fort heureusement.

L'humble et modeste petit village était toujours suprêmement charmant.

Pas à pas, l'hiver venait.

Tantôt le château se remplissait de visiteurs, tantôt

le silence retombait, si bien que tantôt, nous autres domestiques avions de l'ouvrage par-dessus la tête, tantôt nous étions sans travail, absolument sans rien à faire.

XVI

Souvenir des *Contes d'Hoffmann*

Je vivais dans la solitude du silence campagnard, provincial, dans un pays plat, où les champs et les bois sont muets et silencieux, où plaines et plateaux semblent infinis, où de vastes et larges contrées ne sont souvent que de minces rayures, où d'immenses domaines sommeillent paisiblement côte à côte.

Des feuillages bruns, jaunes, rouges, le brouillard voilant mystérieusement la terre hivernale ; de gros flocons de neige mouillée, gonflés, tombant le matin dans une cour encore obscure, un parc blanc de neige, un village en hiver, des garçons et des paysannes, et des oies dans la rue du village : voilà ce que j'avais vu.

Une pauvre servante misérable, malade, abandonnée de tous, qui soupirait dans son triste lit de douleur, voilà ce que j'avais vu et entendu.

Forêts, collines, plaines silencieuses et muettes dans l'éclat mat, assourdi, du soleil d'hiver. Ici ou là, un homme isolé, un mot minuscule, insignifiant, un bruit solitaire.

Un beau jour, je tournai le dos à toute cette retraite, à tout ce silence, et rejoignis l'éclat séduisant de la capitale où peu après, je vis les *Contes d'Hoffmann* à l'Opéra Comique.

Je me sentais un peu comme un jeune paysan ébahi, au milieu du brillant brouhaha, du gracieux tohu-bohu étourdissant et de l'assemblée d'une élégance éblouissante.

Mais lorsque le silence se fit dans la haute maison, comme dans une chambrette peuplée de rêveries et d'imaginations de l'âme, lorsque la violence des sons et l'art de la musique ouvrirent leur bouche divine, et que cela se mit à chanter, à sonner et à retentir, l'ouverture tout d'abord qui, avec ses mélodies claires et sombres, graves et enjouées, s'insinua dans toutes les âmes, les étreignant et les délivrant de toute limitation afin de les embobeliner de bonheur céleste, puis qu'éclata aux lèvres des chanteurs et des cantatrices le chant suave, fervent, et que se succédèrent avec aisance, avec bonheur, des images pleines d'un délicat et noble enchantement de personnages et de couleurs, tandis que la musique et la peinture saisissaient de la plus belle manière tous les cœurs, les yeux et les oreilles, quand brusquement tout se tut, puis que la musique reprit, comme si jamais plus elle ne devait cesser de résonner avec une telle magnificence, ni de nous soumettre avec une force aussi délicieuse et désirable ; douleur et accents de joie pour refléter l'aventure d'exister, pour illustrer le sens de la vie, douceur et allégresse des gammes qui montaient et descendaient, tels des anges sur l'échelle du ciel :

Ô, quelle beauté, alors, quelle richesse royale, autour des yeux brûlants, humides, et dans les cœurs. Toute vie pouvait entièrement cesser, alors, ou bien renaître, pour un nouveau commencement.

Quelle présence c'était là ! Des milliers d'heures se déversaient dans cette heure unique. Oui, ce fut une belle, une bonne, une importante soirée.

XVII

Le nouveau roman

C'étaient des gens parfaitement estimables, vraiment de braves et bonnes gens ; sauf que pour mon malheur, ils m'interrogeaient sans trêve sur mon nouveau roman et que c'était odieux.

Dans la rue, lorsque je tombais sur l'une de ces estimables connaissances, la question ne manquait jamais : « Que devient votre nouveau roman ? De nombreuses personnes ont hâte de lire, et brûlent déjà de découvrir votre nouveau roman. N'est-ce pas, vous avez bien voulu insinuer que vous étiez en train d'écrire votre nouveau roman ? Ah, ce nouveau roman, espérons qu'il paraîtra bientôt. »

Malheureux que je suis, misérable que je suis !

Soit, j'avais fait toutes sortes d'allusions. C'est vrai. J'avais eu la sottise et l'imprudence d'insinuer qu'un nouveau grand roman me coulait sous la plume ou le stylo.

Et maintenant, je pouvais bien me faire un sang d'encre : j'étais perdu !

Je me trouvais dans un état effroyable, dans une situation épouvantable.

Allais-je dans le monde, ce n'était de tous côtés que

des : « Mais quand va-t-il enfin sortir, votre nouveau puissant roman ? »

J'étais tout près de m'évanouir.

« Si seulement je n'avais pas eu l'idée d'insinuer que mon nouveau roman était en pleine croissance et floraison », criait en moi une voix désespérée.

Ma colère n'avait d'égale que ma honte. Ce n'est qu'au prix d'une forme d'anxiété que j'osais encore, de loin en loin, me montrer dans des maisons dont naguère encore, le charme et l'hospitalité avaient fait ma joie.

Pour mon éditeur, personnalité à tous égards estimable, j'étais décidément devenu la cible de soucis de gros calibre. Lorsque j'étais chez lui, il me lançait régulièrement des regards tristes et abattus, comme si j'étais à ses yeux un fils d'épouvante. Mon indignation se comprend aisément.

J'étais devenu un objet de mélancolie et de préoccupation pour l'homme le plus estimable du monde.

Il me demandait à voix basse, d'un ton funèbre et contenu, avec douceur, sans espoir, comme s'il se fût agi d'une chose sans avenir :

« Que devient votre nouveau roman de gros calibre ? »

« Il progresse lentement ; il avance », répondais-je d'une voix atone.

Mais je n'en croyais pas un mot, et le plus estimable des hommes n'y croyait pas davantage. Las, fatigué, désabusé, il souriait.

Seul un homme qui veut signaler sa décision de renoncer à tout ce qui a quelque éclat sourit ainsi ou de la sorte.

Il me déclara un jour :

« Tant que vous ne me l'apportez pas, ce nouveau roman à succès, il n'y a aucun sens, ou presque, à ce que vous veniez chez moi. La vue d'un romancier qui se contente de me promettre son nouveau gros roman au lieu de me le livrer réellement m'est pénible, et pour cette raison, je préfère vous demander de vous abstenir de me rendre visite jusqu'à ce que vous soyez en état de poser votre nouveau et excellent roman sur la table que voici. »

J'étais écrasé.

« Oh, si seulement je n'avais jamais insinué que mon nouveau roman, un roman considérable, était en train de prendre forme. Ah, il eût mieux valu ne jamais avoir l'idée de promettre ce que jamais je ne livre ni ne pose sur la table. J'aurais mieux fait de ne jamais insinuer qu'un roman aussi beau que palpitant et aussi palpitant qu'interminable était sur le point d'aboutir et ne manquerait pas de paraître dans les meilleurs délais. »

Tels étaient mes cris et mes lamentations, et je me sentais anéanti.

Je découvris dans toute son amplitude la misère du romancier qui promet ingénument qu'il va le livrer, son nouveau roman surprenant et palpitant, plutôt qu'il ne le livre et ne le pose vraiment et véritablement sur la table, et qui multiplie les allusions et les promesses au lieu d'écrire.

Je n'osais plus me montrer dans le monde et parmi les gens estimables qui ont l'habitude d'interroger les romanciers sur leur nouveau roman. Un beau jour cependant, je mis un terme brutal à cet état angoissant et piteux en filant à l'anglaise, pour ainsi dire, et je m'en allai.

XVIII

Le talent

Il était une fois un talent qui passait ses journées dans sa chambre, regardait par la fenêtre et jouait les paresseux.

Ce talent savait qu'il avait du talent, et ce savoir stupide, inutile, lui donnait à penser toute la journée.

Des personnes de qualité avaient dit bien des choses flatteuses au pauvre jeune talent, lui donnant même de l'argent à l'avenant. Cela fait quelquefois plaisir aux riches, dans leur noble munificence, de soutenir un jeune talent ; mais en échange, ils attendent de ce Monsieur À-vot'bon-cœur-m'sieur-dames qu'il soit bien sage et reconnaissant.

Or notre remarquable jeune talent n'était pas du tout sage, poli et reconnaissant, mais exactement le contraire, c'est-à-dire impertinent.

Prendre de l'argent parce qu'on a du talent et faire l'impertinent par-dessus le marché, c'est vraiment le plus haut de tous les sommets de l'impertinence. Cher lecteur, je te préviens : un jeune talent de cet acabit est une fripouille, et je t'en supplie : ne contribue jamais de quelque façon que ce soit à son encouragement.

Notre jeune talent aurait dû aller sagement et

poliment dans le monde pour amuser ces dames et messieurs par sa drôlerie et son talent ; mais il renonçait de bon cœur à un devoir aussi pénible, préférant rester chez lui, où il tuait le temps avec toutes sortes de fantaisies prétentieuses, égoïstes et égocentriques.

Oh, le misérable, l'infâme coquin ! Quel orgueil, quelle insensibilité, quelle suprême absence de modestie !

Toute personne qui apporte son soutien à des talents court le risque d'avoir un jour à poser un revolver sur sa table, pour avoir une arme chargée à portée de main, prête à tirer à bout portant sur d'éventuels agresseurs.

Si je ne me trompe, n'importe quel talent, un jour, écrit à son gentil capitaliste au grand cœur la lettre suivante :

« Vous savez que je suis un talent et qu'à ce titre, j'ai besoin d'une assistance continuelle. Où prenez-vous l'audace, monsieur, de me faire faux bond et donc, de me laisser périr ? Je crois avoir le droit de recevoir de nouvelles substantielles avances. Malheur à vous, parfait misérable, si vous ne m'envoyez pas au plus vite ce qui est nécessaire à ma vie de patachon. Mais je sais bien que vous n'avez pas du tout le goût du risque et que, par conséquent, vous n'oserez pas rester insensible à d'ignobles revendications de brigand. »

Avec le temps, n'importe quel bienfaiteur et bailleur de fonds reçoit ce genre de lettres, voilà pourquoi je crie bien fort : il ne faut rien donner ni rien accorder à un talent.

Le talent qui nous occupe se rendait bien compte qu'il aurait dû travailler un peu ; mais il préférait baguenauder et ne rien faire.

C'est qu'avec le temps, justement, un talent suffisamment reconnu et apprécié devient un personnage qui en prend à son aise.

Grâce à ses scrupules, le talent parvint finalement à s'arracher à son talentueux petit bonhomme de chemin, si je puis dire. Il alla s'exposer au monde, c'est-à-dire qu'il se mit en route, et loin de tout soutien, il redevint lui-même.

À mesure qu'il apprenait à oublier que quelqu'un puisse être obligé de lui accorder un quelconque encouragement, il s'habituait à prendre l'entière responsabilité de sa vie et de ses actes.

Un mouvement de probité et un sursaut de vaillance le distinguèrent, le grandirent, et c'est seulement grâce à cela, croit-on, qu'il ne périt pas lamentablement.

XIX

Madame Wilke

Un jour que je cherchais une chambre à ma convenance, j'entrai dans une curieuse maison située à l'extérieur de la grande ville en bordure du chemin de fer, charmante, vieillotte et en assez mauvais état me sembla-t-il, mais dont l'aspect me plut aussitôt par son originalité.

Dans la cage d'escalier où je montai à pas lents, et qui était claire et spacieuse, palpitaient les effluves et les échos d'une élégance passée.

Ce qu'on appelle la beauté d'antan exerce une attirance extraordinaire sur certains êtres. Les ruines ont quelque chose de touchant. Notre être intime pensant et sensible s'incline malgré lui devant les vestiges de la noblesse. Les débris de ce qui fut un jour élégant, distingué et brillant nous inspirent une pitié mêlée de respect. Passé, décrépitude, que vous êtes enchanteurs !

Je lus sur une porte le nom de Mme Wilke.

C'est là que je sonnai, discret et délicat. Voyant cependant que mon coup de sonnette restait sans effet, puisque personne ne venait, je frappai, et j'entendis alors quelqu'un approcher.

Quelqu'un, avec une lenteur et une prudence extrêmes, ouvrait la porte. Une grande femme maigre et décharnée se dressa devant moi et demanda tout bas :

« Que désirez-vous ? »

La voix était curieusement sèche et rauque.

« Puis-je voir la chambre ? »

« Je vous en prie. Entrez ! »

La femme me précéda le long d'un corridor étrangement obscur jusqu'à la chambre qui me conquit tout de suite. La pièce était en quelque sorte noble et distinguée, un peu étroite peut-être, mais en contrepartie, relativement haute. Non sans une sorte d'anxiété, je m'enquis du prix qui était tout à fait raisonnable, et c'est ainsi que sans réfléchir plus longtemps, je louai la chambre.

De pouvoir le faire me rasséréna ; car en effet, conséquence, peut-être, d'un état d'esprit un peu bizarre qui m'oppressait beaucoup depuis un certain temps, je me sentais inhabituellement fatigué et j'aspirais au calme. Las de chercher et de tâtonner, abattu et découragé comme je l'étais, n'importe quel port d'attache acceptable devait me réjouir, et la paix d'une petite place où reposer ma tête ne pouvait être que sincèrement la bienvenue.

« Quel est votre métier ? » demanda la dame.

« Poète ! » répondis-je.

Elle s'éloigna sans mot dire.

« M'est avis qu'un comte pourrait bien habiter ici », me disais-je tout en inspectant minutieusement mon nouveau chez moi.

« Cette pièce ravissante » repris-je, poursuivant mon soliloque, « possède un avantage indiscutable : elle est très reculée. Il y règne un silence de grotte. Oui : ici, je pourrai me sentir à l'abri. Mon désir le plus cher semble réalisé. La chambre, à ce que je vois ou crois apercevoir, est pour ainsi dire plongée dans la pénombre. On y baigne dans une obscure clarté et une claire obscurité. Je trouve cela extrêmement méritoire. Voyons-y d'un peu plus près ! Je vous en prie, mon cher, ne vous laissez pas incommoder. Rien ne presse. Prenez tout votre temps ! La tapisserie n'est-elle pas arrachée par endroits sur le mur, pendillant en lambeaux tristes et mélancoliques ? Bien sûr ! mais c'est précisément cela qui m'enchante, car j'aime beaucoup un certain degré de déguenillé et de délabrement. Que ces lambeaux pendillent autant qu'ils veulent ; je ne tolérerai qu'on les retire sous aucun prétexte, du moment que j'approuve leur existence à tout point de vue. Je suis prêt à croire qu'un baron a logé ici, jadis. Ici même, des officiers ont peut-être bu du champagne. Le voilage, à la fenêtre haute et étroite, semble vieux et poussiéreux ; mais son joli plissé révèle du goût et témoigne d'une sensibilité pour les choses délicates. Au jardin, juste devant la fenêtre, il y a un bouleau. Ici, en été, la verdure viendra sourire jusque dans la pièce, et sur les douces petites branches, toutes sortes d'oiseaux chanteurs viendront se percher pour leur propre plaisir et pour le mien. Cette vieille table à écrire pleine de noblesse est superbe, elle vient de temps enfuis, raffinés. Je présume que je vais m'y installer pour écrire des compositions, des esquisses, des études, de petites histoires ou même des nouvelles, afin de les envoyer, munies de la prière instante de bien vouloir les publier rapidement, à toutes sortes de rédactions de journaux et de revues exigeantes et vénérables, par exemple les *Dernières Nouvelles de Pékin* ou le *Mercure de France*, où le succès, à coup sûr, me sourira.

Le lit a l'air correct. Je veux et puis renoncer à de pénibles vérifications sur ce point. J'avise et j'observe ici un porte-chapeaux assez insolite, fantomatique, et là, au-dessus de la commode, un miroir qui me dira fidèlement, jour après jour, de quoi j'aurai l'air. Espérons que l'image qu'il me renverra sera toujours flatteuse. Le lit est vétuste ; donc, agréable et convenable. Les meubles neufs dérangent facilement parce que la nouveauté est intempestive, qu'elle nous bouche la vue. Je constate avec une joyeuse satisfaction qu'un paysage suisse et un paysage hollandais pendent modestement au mur. Il est certain que j'étudierai souvent ces deux tableaux, avec une attention soutenue. En ce qui concerne l'air de cette chambre, j'aimerais ne serait-ce qu'avancer, ou même plutôt, d'emblée, affirmer avec une assez ferme certitude qu'il y a longtemps, ici, que personne n'a plus songé à aérer à fond et comme cela aurait été indispensable. En tout cas, ça sent le moisi ; mais je trouve que c'est intéressant. Il y a un plaisir bizarre à respirer un air vicié. Je puis du reste laisser la fenêtre ouverte pendant des jours et des semaines ; alors, ce sera bien ce qui est juste et bon qui soufflera dans ma chambre. »

« Il faut vous lever plus tôt. Je ne supporte pas que vous restiez si longtemps au lit », me déclara Mme Wilke. Sinon, elle ne parlait presque jamais avec moi.

Car je restais au lit à longueur de journée.

J'allais mal. La décrépitude m'environnait. J'étais

comme englué dans la mélancolie ; ne me connaissais plus, ne me retrouvais plus. Toutes mes pensées jadis si claires, si gaies, flottaient dans la confusion et le désordre les plus sinistres. Mon esprit se présentait à mes yeux désolés comme brisé en mille morceaux. Pêle-mêle, l'univers des pensées et des sentiments. Tout n'étant que mort, vide et désespoir pour le cœur. Plus d'âme, plus de joie, c'est à peine si je parvenais à me ressouvenir qu'il y avait eu un temps où j'étais joyeux et résolu, généreux et optimiste, croyant et heureux. Hélas, hélas ! Devant, à côté et tout autour de ma tête, plus une seule trace d'espérance.

Néanmoins, je promis à Mme Wilke de me lever plus tôt, et je me remis effectivement avec zèle au travail.

Souvent, je me rendais dans le bois de sapins et de pins voisin, dont les beautés, les merveilleuses solitudes hivernales semblaient me protéger contre le découragement naissant. Des voix indescriptiblement engageantes m'exhortaient du haut des arbres : « Non, tu n'as pas le droit de tomber dans la triste idée que tout est dur, faux et méchant ici-bas. Viens nous voir plus souvent ; la forêt te veut du bien. La fréquenter te rendra la santé et la sérénité, et te ramènera à des pensées plus hautes et plus belles. »

Je n'allais jamais en société, c'est-à-dire là où se réunit le monde qui se prend pour le monde. Je n'avais rien à y faire, parce que je n'avais pas de succès. Les gens qui n'ont pas de succès parmi les gens n'ont rien à faire parmi les gens.

Pauvre Mme Wilke, peu après, tu mourus.

Qui a connu la misère et la solitude comprendra d'autant mieux, par la suite, d'autres miséreux et solitaires. Au moins, nous devrions apprendre à comprendre notre prochain, du moment que nous ne pouvons pas empêcher son malheur, sa déchéance, sa douleur, sa faiblesse et sa mort.

Un jour, Mme Wilke me chuchota tout en me tendant le bras et la main :

« Touchez-la, elle est glacée. »

Je pris la pauvre vieille main maigre dans la mienne. La main était glacée.

À présent, Mme Wilke ne faisait plus que glisser comme un fantôme dans son logis. Personne ne venait la voir. Elle était seule à longueur de journée dans sa chambre glacée.

Solitude : effroi de glace, de fer, avant-goût du tombeau, état annonciateur de la mort impitoyable. Oh, la solitude d'autrui ne saurait être étrangère à qui a connu la solitude.

À ce que je commençais à comprendre, Mme Wilke n'avait plus rien à manger. Certes, par bonté, la propriétaire, qui reprit ensuite l'appartement et me permit de continuer à loger dans ma chambre, apportait chaque midi et soir une tasse de bouillon à l'abandonnée, mais pas longtemps, et c'est ainsi que Mme Wilke s'étiolait. Elle restait là, couchée sans bouger, et bientôt, elle fut transportée à l'hôpital de la ville où elle mourut trois jours plus tard.

Un après-midi, peu après sa mort, j'entrai dans sa chambre vide que le charitable soleil du soir rehaussait d'une sereine douceur rose pâle. Alors, posées sur le lit, je vis les choses que la pauvre dame avait portées, la jupe, le chapeau, le parapluie et l'ombrelle et sur le sol, ses attendrissantes petites bottines. Cet étrange spectacle m'emplit d'une indicible mélancolie, et dans l'humeur si singulière qui était la mienne, j'eus presque moi-même l'impression d'être mort, et toute la vie dans sa richesse, qui si souvent m'était apparue grande et belle, était mince et pauvre à se rompre. Tout ce qui était passé, tout ce qui avait fui m'était plus proche que jamais. Je contemplai longtemps les choses désormais sans maîtresse et sans emploi et la chambre dorée, magnifiée par le sourire du soleil du soir, sans bouger, sans comprendre. Pourtant, après être resté là un moment, sans rien dire, je me sentis apaisé et rassuré. La vie me prit par l'épaule et planta dans mes yeux son merveilleux regard. Le monde était vivant comme toujours, et beau comme aux plus belles heures. Je me retirai sans bruit et sortis dans la rue.

XX

Pièce en chambre

Je connais un écrivain qui, après s'être vainement évertué pendant plusieurs semaines à trouver un sujet convenable, finit par avoir la plaisante idée d'entreprendre un voyage exploratoire sous son lit.

Le résultat de cette expédition téméraire et périlleuse fut cependant, ainsi que n'importe qui eût pu le lui prédire en le voyant faire, égal à zéro.

Désappointé et découragé, notre aventurier dut se relever du parquet sur lequel il s'était jeté, non sans le regret assez cuisant de n'avoir déniché aucun sujet de texte intéressant et digne de ce nom.

« Que faire, à présent, et comment diable assurer mon maigre et frugal pain quotidien ? » se demandait-il, dévoré d'inquiétude et d'appréhension.

Et comme il se creusait ainsi la tête pour trouver une issue aux ténèbres mentales qui l'environnaient, il découvrit soudain juste sous son nez un spectacle si singulier, si captivant, que de sa vie il n'eût osé rêver pareille aubaine.

En effet, sur la cloison, qui était grise, noire et tachée de moisi, pointait un vieux clou rouillé auquel était suspendu un parapluie.

« Que vois-je », s'écria d'une voix sonore et joyeuse l'écrivain tout réjoui, « mais c'est incroyable. Par l'immortalité de mon âme : j'ai déniché le thème le plus beau et le plus profond. »

Sans réfléchir une seule minute, ni prendre le temps de fourrager consciencieusement dans ses cheveux, ainsi qu'il aimait tant à le faire avant de se mettre au travail, il alla droit à sa table à écrire, s'assit, prit la plume et plein d'ardeur, griffonna à la hâte les lignes suivantes :

« J'ai vu une chose inouïe, une chose, à sa manière, magnifique.

Je n'ai pas eu à chercher loin. La pièce se jouait tout près.

J'étais dans ma chambre, plongé dans mes pensées. Tout d'un coup j'ai aperçu quelque chose de las de vivre qui était accroché à quelque chose de rassasié de jours.

C'était un vieux clou fatigué, déjà presque à moitié tombé de son trou, qui ne le retenait pas bien, et à ce clou, pendait un vieux parapluie usé, presque aussi vieux.

De voir une vieillerie minable cramponnée à une autre vieillerie minable, de voir et d'observer une caducité accrochée à l'autre caducité, tels deux mendiants qui, prêts à mourir d'une minute à l'autre, s'étreignent dans un désert glacé et sans espoir afin de tomber étroitement enlacés.

De voir comment un faible dans sa faiblesse soutenait un autre faible avant de s'effondrer lui-même dans un épuisement total, de voir ce malheureux, dans son pitoyable malheur, offrir encore à l'autre malheureux son soutien dérisoire, ne fût-ce que jusqu'à son propre et complet effondrement : voilà qui m'a profondément ému et bouleversé, et je n'ai pas voulu tarder à le noter ici. »

L'écrivain s'arrêta. Pendant qu'il écrivait, sa main s'était raidie de froid ; car il n'avait pas de quoi chauffer sa chambre.

Dehors, un vent glacé de décembre balayait les rues de la capitale. Notre écrivain considéra longuement, mécaniquement, ce qu'il venait d'écrire, appuya sa tête sur sa main et soupira.

XXI

Discours à un poêle

Il m'arriva, un certain jour, de tenir à un poêle un discours que je m'apprête à noter ici, dans la mesure où je le sais encore par cœur.

Un beau jour, donc, assailli par diverses pensées, j'allais et venais dans ma chambre avec agitation. Je m'étais égaré, en un sens, perdu, et me donnais alors beaucoup de peine pour me remettre d'aplomb, ce qui n'allait pas sans me coûter un soupir ou un autre, tandis que je ne pouvais me dissimuler que j'étais angoissé.

Je vis alors le poêle, dans son inébranlable quiétude de carreaux de poêle, sourire sardoniquement.

« Toi, rien ne t'agresse », lui lançai-je plein de colère et de franche indignation, « tu n'es en butte à aucune agitation. Tu ne connais pas l'inquiétude et ce ne sont pas les perplexités qui t'encombrent.

Pas vrai, ballot, espèce de butor insensible, comme tu n'as aucune possibilité, et partant aucun besoin de bouger, tu vas t'imaginer monts et merveilles au sujet de ta valeur.

Étant un rustaud fruste et insensible, tu te crois grand.

La belle grandeur !

Comme tu ne connais aucune critique, tu t'imagines que tu es un homme exemplaire.

Ah, la belle virilité !

Ne rien sentir, se pavaner dans une espèce de peau d'ours ou d'éléphant : la voilà, on dirait, ta conception de la virilité.

Comme tu n'as jamais, depuis que tu es au monde, pensé à quoi que ce soit de plus profond, tu as l'insolence de te moquer inconsidérément de ceux qui doivent se battre contre toutes sortes de scrupules.

Tu ne te prends pas pour la queue d'une poire !

On pourrait croire que l'humanité n'attendait que toi, jusqu'ici. En vérité, le monde peut se fier à toi et à tes semblables.

Comme tu n'as pas besoin de lutter, de combattre, tu te crois parfait.

Comme tu ne t'es jamais abaissé et que tu ne t'es jamais montré là où les cœurs, là où les humains sont mis à l'épreuve, tu te vantes d'être exempt de faiblesses, et pour cette raison tu te permets de montrer du doigt ceux qui, parce qu'ils osent descendre dans l'arène, révèlent leurs faiblesses et leurs fautes.

Poltron débordant de vigueur qui n'ose même pas bouger, juste pour ne pas devoir apprendre à localiser ses faiblesses : honte à toi, parce que tu n'as jamais eu à éprouver ne serait-ce qu'un minimum de honte ; toi qui ne connais aucun dévouement à une cause honnête, toi dont le cœur est bouffi de graisse et dont la bonne, l'honnête volonté est étouffée.

Sache que pour moi, une réputation quelconque m'importe moins que mon travail, qui me paraît plus important que la gloire grossière de n'avoir jamais commis de faute.

Qui ne pèche jamais n'a probablement jamais fait le bien non plus.

XXII

Discours à un bouton

Un beau jour que j'étais occupé à recoudre une boutonnière que j'avais fait sauter en éternuant un bon coup, j'eus l'idée, tout en cousant avec minutie comme une vraie couturière, d'adresser à mon honnête bouton de chemise, ce petit gars loyal et modeste, les paroles de gratitude suivantes, murmurées à voix basse pour moi tout seul, certes, mais probablement d'autant plus sincères.

« Mon cher petit bouton », dis-je, « combien de remerciements et de félicitations te doit celui que, durant plus de sept ans je crois, tu as servi avec empressement, constance et fidélité, et que jamais, malgré toute la négligence et l'oubli dont il s'est rendu coupable envers toi, tu n'as exhorté à prononcer ne serait-ce que quelques mots à ta louange.

Or voilà qu'aujourd'hui, cela se réalise, puisque je vois désormais assez clairement ce que tu représentes, ce que tu vaux, toi qui jamais, tout au long de ton long service, ne t'es poussé en avant, allant te mettre dans un bel éclairage avantageux, ou recherchant quelques beaux effets de lumière, violents et un peu tape-à-l'œil, toi qui au contraire t'es tenu dans la discrétion la plus discrète, avec une modestie certainement impossible à apprécier à sa juste valeur, touchante, charmante, alors même que tu pratiquais ta belle et chère vertu dans le meilleur contentement.

Comme tu m'enthousiasmes, d'avoir eu cette force qui se fonde sur l'honnêteté et le zèle, sans exiger de louange ni de reconnaissance, ce dont tout être actif est avide.

Tu souris, mon très cher, et à ce que je vois, hélas, tu as déjà l'air assez usé et poli par l'usage.

Mon très cher ! Mon admirable ami ! Les gens devraient voir en toi un exemple, ceux qui sont malades du désir d'obtenir continuellement de nouveaux applaudissements, qui tombent immédiatement dans l'affliction, la morosité et le dépit s'ils ne sont pas sans cesse choyés, cajolés et confits dans les bonnes grâces et la haute estime de tout un chacun.

Toi, tu sais vivre sans que personne ne se rappelle seulement que tu existes.

Tu es heureux ; car la modestie se satisfait d'elle-même, et la fidélité se suffit à elle-même.

Que tu ne te vantes point, que tu sois tout entier dévoué à ta tâche, ou du moins que tu le sembles, que tu te sentes entièrement voué au silencieux accomplissement de ton devoir que l'on peut appeler une rose au merveilleux parfum, dont la beauté est presque une énigme pour elle-même, dont le parfum embaume sans aucune intention parce que c'est son destin…

Que tu sois ce que tu es, et que tu sois tel que tu es, cela m'émerveille, me touche, me bouleverse et m'émeut, et me fait songer qu'en ce bas monde, qui ne manque pas de contrariétés, il y a ici ou là des choses qui font plaisir à celui qui les voit, et lui apportent joie et réconfort. »

XXIII

L’ouvrier

À sa façon, c’était un homme tendre, noble. Il était cultivé. Il y a des gens qui acquièrent une culture originale par des voies tout à fait insolites.

Son rang inférieur lui permettait d’aller et venir vêtu très simplement. Personne ne faisait attention à lui, personne ne remarquait sa présence. Il trouvait cela beau, il s’en félicitait.

Par des chemins clairs-obscurs, en quelque sorte heureux, méditatifs, il cheminait à côté de la vie gracile, calmement et paisiblement. Il glorifiait sa condition modeste.

Pour lui, un livre représentait un bonheur naturel pour des semaines, voire des mois. Fantômes et pensées se pressaient amicalement dans son sillage presque comme des femmes aimantes. Il vivait plus en esprit que dans le monde ; il menait une double vie.

La nature, avec ses images variées, ses jours clairs et ses nuits obscures, lui offrait une quantité de silencieuses jouissances.

Le jeune ouvrier s’accoutuma à éprouver une gratitude grâce à laquelle, le soir, il se couchait heureux.

C'est avec la même sensation qu'il se levait de bon matin pour aller au travail.

Pourquoi, d'ailleurs, l'appelons-nous « ouvrier » ? Serait-ce donc caprice de notre part, extravagance, voire non-conformisme ? Croyons-nous par là le caractériser correctement ? Et pourquoi pas ?

Il déjeunait pour quarante centimes dans une sorte de cantine populaire. Si nos renseignements sont bons, l'ordinaire était maigre, fin, frugal et mince.

Il était calme, comme un soldat ; vivant moins pour lui-même que pour quelque chose d'autre, il ne savait pas exactement quoi ; mais il lui suffisait de sentir que cela le poussait vers des hauteurs.

Le soir, il était toujours rêveur ; il trouvait la nuit, avec ses ténèbres merveilleuses, divinement belle.

Personne ne lui avait dit cela. Personne ne lui dictait aucune pensée. Toutes ces belles, charmantes réflexions descendaient du ciel, du plus proche et du plus lointain, afin de s'offrir à lui avec leur contenu.

Son apparence ne laissait absolument rien transparaître de la délicatesse de ses aspirations intérieures. Son allure ne laissait pas deviner la moindre noblesse humaine.

Son savoir, avec le temps, devenait de plus en plus subtil. Toutefois, ce n'est que de loin en loin, lorsque se présentait une occasion favorable, qu'il parlait librement, et laissait un peu entrevoir ce qu'il était, et qui il était.

Son secret était sa joie, continuellement jaillissante. Ce qu'il sentait était pour lui source cachée, et fontaine d'une béatitude étrangement secrète.

Quant à ses idées sociales et politiques, il était trop

solitaire pour en avoir. Et il n'en avait pas besoin. Il préférait penser à ses père et mère, à la nature, à de chères choses vivantes, plutôt qu'à la politique. On peut dire qu'il était romantique.

Ainsi par exemple, lui, tout pauvre ouvrier qu'il était, aimait les palais, les grands airs, le fier et somptueux apparat des riches. Il aimait tout ce qui était beau. Il aimait les femmes, les enfants, les jeunes gens et les vieillards, les chemins, les maisons.

Il aimait peut-être aussi, en plus de ce qui est sincère et bien, le mal ; en plus de la beauté, la laideur. Bon et mauvais, beau et laid lui semblaient indissociables.

C'est ainsi qu'il vivait, c'est ainsi qu'il aimait. Il y avait en lui une certaine noblesse.

À l'occasion, il écrivit les deux petites proses suivantes :

1

Là-bas, les gens sont aimables. Ils éprouvent le beau besoin de se demander les uns aux autres s'ils peuvent s'entraider. Ils ne se croisent pas dans l'indifférence ; pas plus qu'ils ne s'importunent mutuellement. Ils sont obligeants sans être curieux, ils se rapprochent sans se harceler. Quiconque est malheureux, là-bas, ne le reste pas longtemps ; qui se sent bien n'en devient pas pour autant exubérant.

Les hommes qui demeurent en ces lieux où demeurent les pensées sont bien loin d'éprouver du bonheur au malheur d'autrui, ou une joie maligne à la vue des difficultés des autres. Là-bas, toute joie mauvaise fait honte ; on préfère se voir lésé plutôt que de voir autrui subir quelque tort. Là-bas, les gens aspirent à une sorte de beauté, au sens qu'ils n'aiment pas voir le malheur de leur prochain. Là-bas, tous se souhaitent les uns aux autres tout ce qu'il y a de meilleur. Là-bas, nul ne désire le bien que pour son seul profit, aucun n'a pour unique préoccupation de savoir sa propre femme et ses enfants en de bonnes mains. Chacun veut que la femme et les enfants d'autrui soient heureux également.

Là-bas, si quelqu'un aperçoit un malheureux, son propre bonheur en est aussitôt gâché. Là-bas, où l'amour du prochain a son séjour, l'humanité est une seule famille. Là-bas, personne ne peut être heureux si tous ne le sont pas. L'envie et la malveillance sont inconnues, et la vengeance est une chose impossible. Nul ne se met en travers du chemin d'autrui. Personne ne triomphe de personne.

Là-bas, si quelqu'un manifeste des faiblesses, nul autre ne s'empressera d'en profiter. Tous ont des égards les uns pour les autres. Là-bas, tous possèdent une force égale et exercent un pouvoir également réparti ; pour cette raison, le fort et le puissant ne récoltent aucune admiration.

Dans un échange gracieux, qui n'offense ni la raison ni l'entendement, les hommes, là-bas, donnent et prennent. Là-bas, l'amour est la loi la plus importante ; l'amitié, la première règle.

Il n'y a ni pauvres, ni riches. Là où demeure l'homme sain, il n'y a jamais eu de roi ni d'empereur. La femme ne domine pas l'homme, pas plus d'ailleurs que l'homme, la femme. Personne ne domine personne, sinon soi-même.

Là-bas, tout sert à tout, et le désir commun vise nettement à éliminer la douleur. Personne ne veut la jouissance ; c'est pourquoi tous en disposent. Tous veulent être pauvres ; par conséquent, personne n'est pauvre.

Là-bas, c'est beau, c'est là-bas que j'aimerais vivre ! Parmi des hommes qui se sentent libres parce qu'ils se restreignent, parmi des hommes qui se respectent mutuellement, parmi des hommes qui ne connaissent pas la peur, c'est là que j'aimerais vivre ! Mais je dois bien me rendre à l'évidence que je rêve.

2

Il était une fois un monde dans lequel tout allait très lentement. Une agréable indolence, saine, aimerait-on dire, dominait l'existence. Les hommes vivaient en quelque sorte dans l'oisiveté. Ce qu'ils faisaient, ils le faisaient pensivement et lentement. Ils ne se démenaient pas de manière inhumaine et excessive, ne se sentaient pas du tout tenus ni obligés de s'escrimer et de se tuer à la tâche. Nulle hâte, nulle agitation ni précipitation intempestives ne régnaient parmi ces gens. Personne ne se fatiguait particulièrement, et c'est bien pour cela que la vie était aussi riante.

Qui doit trimer dur ou qui travaille d'arrache-pied, en général, est perdu pour la joie, son visage se renfrogne et toutes ses pensées sont tristes et moroses.

L'oisiveté est la mère de tous les vices, dit un vieux proverbe éculé.

À aucun égard, les gens dont il est question ici ne souscrivaient à ce proverbe assez insupportable ; au contraire, ils le réfutaient et le dépouillaient de tout son sens.

Tandis qu'ils coulaient des jours heureux sur cette terre innocente, familière, ils jouissaient en paix de la vie dans une tranquillité de rêve, et pour ce qui est du vice, ils en étaient bien éloignés, dans la mesure où ils n'en avaient même pas l'idée. Ils restaient bons parce qu'ils ne connaissaient pas la démangeaison de se distraire ; ils mangeaient et buvaient peu, car ils n'avaient aucun besoin de faire bombance.

L'ennui, c'est-à-dire ce que l'on peut comprendre par ce terme, leur était totalement inconnu. Occupés à toutes sortes de considérations raisonnables, ils menaient une vie à la fois sérieuse et sereine. Ils ne connaissaient pas de dimanches et de jours ouvrables ; tous les jours étaient pareils. La vie s'écoulait comme un fleuve tranquille et personne n'avait l'idée de se plaindre de manquer de stimulation et de diversion.

Ces hommes vivaient une vie aussi simple qu'heureuse. Leur existence était douce, suave et gaie. Ignorant l'amour de la gloire, l'orgueil et la vanité, ils étaient à l'abri de trois terribles maladies, et ne connaissant pas la dureté de cœur, ils étaient préservés d'un fléau qui empeste la vie.

Ils vivaient et se fanaient comme des fleurs. Aucun plan du genre de ceux qui sèment l'agitation et l'excitation ne venait leur brouiller ou leur rompre la tête, grâce à quoi une souffrance immense leur resta à jamais étrangère et inconnue.

Ils attendaient calmement la mort ; ne pleuraient

guère ni sur les défunts, ni sur eux-mêmes lorsqu'ils pensaient à ceux qui étaient morts. Comme tous s'aimaient mutuellement, aucun n'était aimé à l'excès, en sorte que la douleur de la séparation n'était pas si grande.

L'amour sauvage va de pair avec la haine sauvage, le plaisir sauvage, avec le chagrin de même. Là où la raison intervient, tout est dompté et tout est calme, patient et compréhensif.

La guerre éclata. Tous accoururent aux lieux de rassemblement pour prendre les armes. Notre ouvrier y courut aussi, sans beaucoup réfléchir. À quoi bon réfléchir, lorsqu'il s'agit de servir la patrie ? Le service de la patrie dissipe toutes les réflexions.

Bientôt, il entra dans le rang, et robuste de nature comme il l'était, il trouva divinement beau de marcher sur l'ennemi avec ses camarades, sur la route poussiéreuse. Il partit en chantant et la bataille ne tarda pas, et qui sait, l'ouvrier était peut-être l'un de ceux qui tombèrent pour la patrie.

XXIV

Hölderlin

Hölderlin avait commencé à écrire des poèmes, mais la maudite pauvreté l'obligea à prendre un gagne-pain comme précepteur dans une maison de Francfort-sur-le-Main. À cet égard, la grande et belle âme est logée à la même enseigne que l'artisan. Il devait vendre son besoin passionné de liberté ; réprimer sa royale, sa colossale fierté. La conséquence de cette pénible contrainte fut une crispation, un ébranlement dangereux de sa vie intérieure.

C'est dans une jolie prison élégante qu'il se rendit.

Né pour planer dans des rêves et des chimères et pour se blottir sur le sein de la nature, pour passer ses jours et ses nuits à écrire, bonheur ineffable, sous les épais feuillages d'arbres candides, pour converser avec les prairies et les fleurs, pour contempler le ciel et la course divinement impassible des nuages – il entra dans l'étroitesse proprette, bourgeoise, d'une maison privée, et endossa l'obligation, terrible pour ses forces bouillonnantes, de se conduire honnêtement, raisonnablement et comme il faut.

Il fut épouvanté. Il se considéra comme perdu, rejeté, et il l'était bel et bien. Oui, il était perdu ; car il n'avait pas la force déplorable de renier honteusement toutes ses forces et sa sève merveilleuse, qu'il s'agissait à présent de nier et de réprimer.

Alors, alors il se brisa, se déchira, et de ce jour, il fut un pauvre malade pitoyable.

Dès lors qu'il eut perdu la liberté, Hölderlin, qui ne pouvait vivre qu'en liberté, vit son bonheur détruit. Il tira, il s'escrima en vain sur la chaîne qui l'enserrait ; il ne fit que s'y meurtrir ; la chaîne était impossible à rompre.

Un héros était dans les fers, un lion devait faire le gentil et le poli, un Grec royal évoluait dans un salon bourgeois, et les parois étroites, mesquines, joliment tapissées, broyaient son merveilleux cerveau.

C'est là que commença le malheureux ébranlement de son esprit, la lente, la molle, l'effroyable explosion de toute clarté. Ses tristes pensées erraient et titubaient de désespoir en désespoir, de la crainte au tremblement qui tailladait son âme. C'était comme l'effondrement silencieux, muet, insidieux, de mondes célestement limpides.

Le monde pour lui devint terne, banal et obscur, et pour pouvoir au moins s'enivrer de jeu et d'illusion, pour oublier sa tristesse sans borne et sa liberté perdue, pour surmonter la détresse du lion asservi et enchaîné qui va et vient dans sa cage, va-et-vient sans espoir, et va, et vient, l'idée le prit de tomber amoureux de sa patronne. Cela le distrayait, l'arrangeait, faisait du bien, l'espace de quelques minutes, à ce cœur anéanti, étranglé, étouffé.

Alors qu'il aimait uniquement le rêve englouti de sa liberté, il imagina qu'il aimait la maîtresse de la maison. Autour de sa conscience, c'était le vide, comme dans le désert.

Lorsqu'il souriait, il lui semblait que pour amener ce sourire sur ses lèvres, il lui avait fallu au préalable, péniblement, l'extraire du plus profond d'une caverne rocheuse.

Il avait une nostalgie maladive de l'enfance, et pour venir une seconde fois au monde, et redevenir un jeune garçon, il aurait voulu mourir. « Du temps où j'étais un garçon… » écrivit-il. On connaît cette merveilleuse chanson.

Alors qu'en lui l'homme désespérait, que son être saignait de mille blessures douloureuses, son art s'élevait comme un danseur richement paré, très haut, et là où Hölderlin sentait qu'il sombrait, sa musique et ses vers enchantaient. Il chantait la destruction et l'anéantissement de sa vie sur l'instrument de la langue qu'il parlait, dans de merveilleuses mélodies dorées. Il demandait justice pour son droit et son bonheur en miettes comme seuls demandent les rois, avec une fierté, une hauteur sans égale dans toute la littérature.

Les mains d'un pouvoir fatal l'arrachèrent au monde et à ses dimensions trop étriquées pour lui, et le jetèrent par-dessus le bord du saisissable, dans la folie, et il sombra comme un géant dans ces abîmes désirables et bienfaisants, inondés de lumière, riches en feux follets, afin d'y somnoler pour toujours, dans une douce distraction et dans l'opaque.

« Mais c'est impossible, Hölderlin », lui déclara la maîtresse de la maison ; « et ce que tu veux est impensable. Tout ce que tu penses outrepasse toujours ce qui est convenable et possible, et tes paroles déchirent tout ce qui est atteignable. Tu ne veux ni ne peux être bien. Pour toi, le bien-être est trop petit, et la paix à l'intérieur de limites est trop vulgaire. Pour toi, tout est et tout devient un gouffre, un infini. Le monde et toi, vous êtes une mer.

Que puis-je et que dois-je te dire pour te rassurer, toi qui repousses loin de toi tout contentement comme quelque chose de méprisable ? Tout ce qui est étroit et petit te trouble, te rend malade ; tout ce qui est vaste et d'un seul tenant, sans coupure, t'emporte vers le haut et vers le bas, où il n'y a ni séjour, ni jouissance. La patience n'est pas digne de toi ; et quant à l'impatience, elle te déchire. On te respecte, on t'aime et on te plaint ; il n'y a pas de plaisir avec toi.

Que dois-je faire, puisque rien ne te fait plaisir ?

Tu m'aimes ?

Je n'en crois rien, je dois m'interdire de le croire et je dois souhaiter que tu veuilles bien t'interdire de me le faire croire. Ce n'est pas l'amour de moi qui t'anime, sinon tu pourrais être paisible, aimable et heureux, et avoir de la patience à ton propre égard et au mien. Je ne peux pas croire que je signifie beaucoup pour toi.

Ainsi, sois donc aimant, bon et raisonnable. Bientôt, je n'éprouverai plus rien à ton égard que de la peur, et c'est un sentiment que je déplore. Laisse donc la passion en paix et fais un effort sur toi-même. Comme tu pourrais être beau, grand et ardent, dans un effort triomphant. Mais tes chimères hasardeuses te tuent, et le rêve que tu te fais de la vie t'ôte la vie. Renoncer à la grandeur : ne pourrait-il pas y avoir là aussi de la grandeur ?

Car tout est douloureux. »

C'est ainsi qu'elle lui parlait. Par la suite, Hölderlin quitta cette maison, erra encore quelque temps dans le monde, puis sombra dans une folie incurable.

XXV

Vie de poète

Sur la base des enquêtes que nous avons cru devoir entreprendre, nous pouvons dire que ce poète avait reçu une instruction relativement lacunaire, c'est-à-dire sommaire, et de ce fait, nous nous sentons autorisés à poser des questions comme celle-ci :

Où puisait-il le minimum de culture indispensable, selon nous, à un poète ?

Voici la réponse :

Il existe en ce bas monde des salles de lecture remplies de choses à lire. Pour certains, ces cabinets de lecture sont même disposés dans la verdure, en sorte que le lecteur assidu, s'il s'assied devant la fenêtre ouverte, s'en met en plus, ce dont il loue Dieu, plein les yeux et les oreilles.

Et puis n'avons-nous pas, si vous le voulez bien, des bibliothèques municipales, ouvertes pour leur bien à tous les jeunes gens honnêtes ?

De bonne heure déjà, le poète que nous avons en vue semble avoir démontré avec virulence et manifesté avec gentillesse une certaine soif de culture, ce qui est bien entendu tout à fait méritoire.

De ce fait, nous n'accordons guère de crédit, ou

même pas de crédit du tout à la rumeur parvenue jusqu'à nous selon laquelle l'objet de ces lignes aurait, un certain temps, balayé et nettoyé les rues, parce que nous croyons savoir qu'il y a dans ces dires plus de poésie et d'imagination que de vérité et de réalité.

Bien plutôt, ledit poète a travaillé quelque temps, pour un profit personnel certainement fort peu négligeable, dans le département des annonces d'une grande maison d'édition, et par ce fait, nous mettons assez nettement en lumière que dans cette vie de poète, il s'agit d'un travail d'écriture, précis et minutieux, plutôt que d'un balayage de rues.

Dans l'existence qui nous intéresse, la plume pointue, tendre, subtile, vagabondant gracieusement et vivement sur une feuille de papier, dessinant toutes sortes de plaisants, charmants chiffres et phrases, a de toute évidence joué en tout temps un rôle déterminant.

Coups de marteau et coups de hache ont été et sont pratiquement exclus, et quant aux clous, l'objet ou le centre des présentes lignes ne s'y est intéressé que dans la mesure peut-être où un beau jour, il cloua et accrocha un tableau au mur de sa chambre, de quoi l'on déduira sans hésiter que jamais de sa vie il ne forgea ni ne charpenta, ce qui d'ailleurs, en admettant que tel ait été le cas, n'eût pas été autrement fâcheux.

Nous autres, et tous ceux qui pensent comme nous, soutenons un point de vue qui nous assure que n'importe quel travail, pour peu qu'il soit entrepris avec zèle et poursuivi avec une ferme détermination, ennoblit celui qui l'accomplit.

Que ce soit un bureau d'expédition qui entre ici en considération, ou que ce soit un établissement bancaire de premier rang qui l'emporte, ou que ce soit le silence feutré d'une étude de jurisprudence, c'est-à-dire d'avocat, qui interfère plus ou moins avec la vie du poète : vérifier ces faits, dans un premier temps, est totalement secondaire, et pour l'instant, visiblement ce genre de chose nous laissera froids.

Nous avons, nous semble-t-il, à nous soucier d'aspects intérieurs plutôt qu'extérieurs, et à nous préoccuper en priorité de curiosités plutôt que de frivolités. À notre avis, d'ailleurs, ce qui est intérieur renseigne tout aussi bien sur ce qui est extérieur, de même que les gouvernements, par exemple, ont à traiter d'affaires intérieures aussi bien que d'affaires extérieures et inversement.

Pour l'instant, qu'il nous suffise d'être dans la situation confortable de pouvoir constater avec une certitude inébranlable ou infaillible que notre exposant et point de mire était assidu en affaires, et qu'à ce titre, il veillait toujours, avec empressement et probité, à recueillir les témoignages les plus distingués ainsi que les recommandations les meilleures et les plus prestigieuses.

Par ailleurs, il semble avoir commencé très tôt déjà à écrire des poèmes sur de petites bandes de papier. Par tous les temps et à n'importe quel moment du jour ou de l'année, assis dans toutes sortes de chambres, réduits ou appartements chauffés ou non chauffés, il s'adonnait avec plus ou moins de satisfaction, fût-ce temporairement, à ses chimères.

Il faut noter ici que nous avons décidé de nous abstenir de porter un jugement sur ce poète. Nous nous bornons à communiquer gentiment ce que nous avons réussi à apprendre. C'est tout de même une chose acquise que ce poète aimait à n'en faire absolument qu'à sa tête.

Pour quelle raison ? Hum !

Si les affirmations passées et présentes de quelques personnes, sympathiques et polies au demeurant, devaient se révéler conformes à la vérité, à savoir que notre héros et jeune premier, à une époque où il officiait, dégourdi et affairé, en tant qu'aide-comptable, engagé par telle ou telle entreprise d'assurance de transport, dessinait sur le papier buvard que l'on utilise pour de gros in-folio ou pour des registres de comptes solennels, mortellement sérieux, les têtes augustes et vénérables de messieurs ses collègues de bureau ou de ses supérieurs, composant de la sorte, non sans génie pour ainsi dire, l'équivalent de captivants cabinets de tableaux de Dresde ou de galeries de peinture de Munich – eh bien cela pourrait certainement être très sympathique et vraiment drôle, ou passer pour relativement amusant.

Cependant, nous ne pouvons guère considérer de tels exercices comme essentiels, c'est tout au plus si ces derniers, à certaines conditions, prouvaient que ce remarquable jeune homme, ici ou là, ne semblait pas particulièrement pris par ses fonctions, ce que l'on pourrait être enclin à regretter vivement.

D'après les informations qui nous ont été communiquées et dont nous disposons, l'un des messieurs dont le poète avait réalisé de délicieux portraits lui aurait dit à l'occasion :

« Aha, c'est que vous avez du talent, pourquoi ne courez-vous pas au plus vite à Munich, pour parfaire votre formation ? Car ici, au bureau, des réalisations artistiques aussi surprenantes sont extrêmement déplacées. Chez nous, hélas, un talent de dessinateur est voué à s'étioler, et comme vous le devinez, les œuvres et chefs-d'œuvre d'un futur génie ne sont malheureusement pas vraiment à leur place, ici. »

Observation satirique ou moqueuse à laquelle, une déposition en fait foi, le sujet décrit ici aurait donné la réponse suivante :

« Il m'est impossible de croire que je suis, comme vous le dites, un peintre-né. Il me semble plutôt que des dispositions extrêmement affirmées et un don vraiment marqué pour le métier d'écrivain sommeillent en moi. Je vous remercie du fond du cœur pour la suggestion que vous me faites certainement en tout bien tout honneur de marcher hardiment sur Munich à la conquête d'une existence brillante ; toutefois, avant de me jeter à l'eau pour aller à Munich, j'aimerais me permettre d'ajouter que j'aimerais infiniment mieux, si ce n'est tout autant, ramer et me promener dans le Caucase, où j'aurais l'espoir d'affronter des aventures que l'on ne peut vivre nulle part ailleurs. »

Le certificat qui lui fut délivré à son départ du poste d'aide-comptable se compose, à ce que nous savons, des belles paroles que voici, aussi pleines d'allusions que gorgées et saturées d'insinuations :

« Il s'est montré extrêmement utilisable, honnête, appliqué, diligent et talentueux. C'est toutefois selon son propre désir personnel qu'il prend enfin ses distances. Ses remarquables travaux sur papier buvard nous resteront éternellement en mémoire. Ses réalisations artistiques nous ont ravis au point que nous déplorons sincèrement son départ précipité. Craignant qu'il ne laisse en friche et ne ruine définitivement son talent délicat et subtil, nous nous sommes sentis obligés de le supplier de nous quitter. Alors même que nous insistions aussi poliment qu'instamment pour qu'il veuille bien aller se faire voir ailleurs, nous lui souhaitions tout le bonheur possible au cours de sa difficile carrière future, et maintenant qu'il se résout à prendre congé de nous, nous sommes contents de lui au-delà de tout ce que nous saurions dire. En tout temps, il a tenu la comptabilité à la façon dont nous pouvions imaginer qu'il la tiendrait. Son comportement, de manière générale, n'a donné lieu à aucune autre remarque, à part quelques vétilles insignifiantes. »

Il nous semble que dans cette vie de poète, les changements de domicile et de travail sont inhabituellement fréquents ; mais ici, nous tendons à faire preuve d'une certaine compréhension, du fait que nous devons bien voir et admettre qu'une âme jeune qui se sent une vocation de poète a besoin de liberté et de mobilité.

Un poète doit à tout prix chercher à se libérer, à s'épanouir, cela tombe sous le sens ; or nous sommes persuadés qu'il est absolument impossible de s'épanouir sans liberté. De plus, nous voyons bien qu'un développement humain est totalement irréalisable sans un certain nombre de situations qui montrent parfois celui qui se forme sous un jour peu flatteur.

Disons que cela, nous l'acceptons sans longs détours, encore que bon nombre de choses restent assez obscures à nos yeux.

Dans le Bureau central de placement des employés de commerce, l'intéressé, à ce que nous croyons savoir, était connu comme le loup blanc. Son apparence et sa personnalité peut-être un peu déconcertante suscitaient immanquablement une sorte de sourire ironique.

« Est-il bien exact que vous écrivez des poèmes ? » lui demandait-on.

« Mais oui, je le crois presque », répondait-il avec candeur, bonhomie et humilité. Il est bien évident qu'en général une réponse aussi précautionneuse ne pouvait que faire sourire, et tel était le cas en effet.

Ici ou là, le poète semble également avoir produit une forte impression en tant que sigisbée, et s'être fait passablement apprécier auprès de très grandes dames. Il lisait ses propres poèmes et ceux d'autres poètes avec une distinction et une volubilité qui éveillaient, sinon l'étonnement et l'admiration, du moins le contentement et la satisfaction.

Mince et rare plutôt que riche et copieuse, et plutôt insuffisante que satisfaisante, telle était la nourriture qui composait son ordinaire.

À notre avis, il ne faut toutefois pas trop s'apesantir sur ce fait déplorable et assez regrettable en soi, puisque l'on peut considérer qu'il est assez indifférent qu'un poète se nourrisse simplement d'un potage et d'une saucisse, ou qu'il engloutisse des cartes de menus tout entières. L'essentiel reste, semble-t-il, qu'il donne naissance à de beaux poèmes. Or, une alimentation légère, maigre et frugale est nettement plus favorable à leur naissance et à leur éclosion que n'importe quel autre régime, et de cela, nous sommes sûr et certain.

La minceur sied au poète ; qu'il veille à une apparence empreinte de spiritualité. À bonne distance déjà, on doit voir sur lui qu'il consacre, en proportion, davantage de jours à méditer que d'heures à festoyer. Un poète replet est une chose impossible. Écrire ne veut pas dire prendre du poids, mais jeûner et renoncer. Nous excluons de nous écarter de ce principe, fût-ce d'une semelle ou d'une largeur de main, et nul ne pourra nous obliger ou nous contraindre à soutenir une opinion différente de celle que nous venons d'exposer.

Du reste, il se sera trouvé, de temps en temps, des gens fortunés, généreux, pour inviter le poète à dîner, ce que nous ne pouvons d'ailleurs que présumer. En rassembler les preuves, malgré tous nos efforts, ne nous a malheureusement pas été possible.

Pour ce que nous avons espionné et ce dont nous avons fort heureusement pu prendre connaissance, il était parcimonieux et économe à l'extrême, voire même, à certains égards, un peu ladre.

Charges, dépenses, frais, il en avait étonnamment peu. Au cours des ans, il n'a presque rien rapporté aux tailleurs et aux médecins.

En tant qu'adepte extrêmement fidèle des voyages à pied, il fréquentait intensément les cordonniers auxquels il déléguait la tâche importante de réparer et de remettre en état des chaussures déchirées, trouées.

Pour ce qui est des vêtements, il portait presque toujours des costumes qui lui avaient été offerts. Il n'avait pas de raisons impératives de courir les médecins du moment que sa santé ne laissait rien à désirer, et qu'il n'aurait pas eu, par conséquent, le moindre symptôme à signaler, ce qui bien sûr était pour lui un grand avantage. Il économisait ainsi et son temps, et son argent. Bon, les médecins ne pouvaient pas vraiment chanter ses louanges. Toutefois, rappelons ici le vieil adage selon lequel, comme on sait, même avec les meilleures intentions du monde, on ne saurait plaire à chacun. D'une façon ou d'une autre, quelque part, même le meilleur des hommes offusque.

Pour ce qui est de ses opinions politiques, nous préférons renoncer à enquêter ; par ailleurs, il ne nous sied pas davantage d'établir ni même de demander s'il allait fréquemment à l'église ou pas. C'était le quotidien, le naturel, l'utile, l'utilitaire et le pratique qui lui étaient proches. Il semble avoir hérité ce trait de son père.

« Tout au long de sa vie, père et mère suivent à pas de loup leur enfant qui grandit », croyons-nous avoir dit à telle et telle occasion, en telles et telles circonstances opportunes. L'école et les parents ont une influence décisive. Les traits de caractère des deux parents… Mais ce sont là des choses profondes auxquelles nous jugeons préférable de ne pas toucher.

De son père, il avait en tout cas reçu en héritage, entre autres, une portion et un soupçon d'ironie qui le suivaient et lui restaient fidèles, comme le chien suit docilement son maître ou sa maîtresse, toujours obéissant et affectueux, malgré quelques taloches occasionnelles.

Sauf erreur de notre part, il travailla une fois pendant huit jours environ au secrétariat d'une société électrique. Une fois passé ce laps de temps inhabituellement court, le directeur le convoqua dans son bureau, où il lui exposa en termes glaciaux, un peu indirects, embarrassés, mais incroyablement distingués qu'au sein des entreprises industrielles hautes, plus hautes et des plus hautes, lesquelles, comme on sait, reposent sur les prémisses les plus délicates et les plus solides, on ne pouvait pas tolérer d'employés dont on prétend, *primo*, qu'ils écrivent de la poésie, et dont on affirme, *secondo*, qu'ils fréquentent des personnes qui n'appartiennent pas à la bonne et à la meilleure société.

En effet, le poète fréquentait parfois des éléments qui n'étaient pas particulièrement reluisants. À cet égard, il n'était pas toujours très avisé, mais il avait bon cœur, au moins.

Au nombre des établissements et des institutions commerciales pour lesquels il travailla, plus ou moins à son profit et à son avantage, on signalera en outre :

Une brasserie située au bord de l'Aar bleue et écumante, une caisse de secours, de prêt et d'hypothèques, d'une architecture exquise et sise dans un charmant paysage, une fabrique de machines à coudre où il se fit grandement apprécier, une fabrique de jarretières où il augmenta la somme de ses connaissances d'une façon qui est loin d'être négligeable.

Ainsi donc, dans cette humble vie de poète, prolétaire, aimerait-on dire, il s'agit avant tout de travail dans toutes sortes de bureaux et d'ateliers d'occupation pour les sans-emploi, d'innombrables changements de places, bref, d'événements parfaitement quotidiens et courants, c'est-à-dire, en somme, de deux choses : de travail de bureau et de paysage ; de l'emploi que l'on endosse et de l'emploi que l'on quitte ; de grandes courses dans une nature libre et chaleureuse, et de séances où l'on reste assis, collé à écrire sur ces tables commerciales nommées pupitres ; d'air libre et de prison ; de liberté et d'entraves ; de misère, de privations et d'économie, autant que de gaspillage fastueux, insolent, exubérant et de plaisirs exquis et voluptueux ; de besogne pénible, ingrate, autant que de plaisirs de propre à rien et de traîne-savates, goûtés au petit bonheur et à la va comme je te pousse ; de strict accomplissement du devoir, et d'agréables flâneries, promenades et vagabondages rouges, bleus ou verts.

C'est de ces choses-là et d'autres semblables que le poète recevait son terrain poétique. Les saisons, un peu d'imagination, de musique et d'amour, la ville et la campagne, et la peinture, les sentiments et les idées, la vie, et sa culture grandissante donnaient à sa poésie l'aliment dont elle avait besoin pour s'épanouir sainement.

En sorte qu'il se laissait vivre.

Ce qu'il advint de lui, ce qu'il devint par la suite, tout cela échappe à notre connaissance. Jusqu'ici, nous n'avons pas trouvé davantage de traces. Une autre fois, peut-être, y réussirons-nous. Ce qu'il pourrait encore y avoir à entreprendre se fera connaître. Attendons de voir, et dès qu'il aura été possible de dénicher à nouveau quelque chose, pour peu qu'il nous soit obligeamment permis de compter, une fois de plus, sur les marques suffisantes d'un nouvel et sensible intérêt, nous le ferons savoir avec grand plaisir.

TABLE

DU MÊME AUTEUR

L'Homme à tout faire
L'Age d'homme, 1975
et « Poche suisse », nº 185, 2000

L'Institut Benjamenta
Gallimard, « L'imaginaire », nº 80, 1981

Les Enfants Tanner
Gallimard, 1985
et « Folio », nº 2380, 1992

Le Commis
Gallimard, 1985

La Promenade
Gallimard, 1987
et « L'imaginaire », nº 541, 2007

La Rose
Gallimard, 1988
et « L'imaginaire », nº 584, 2009

Felix
Zoé, 1989
et « MiniZoé », nº 26, 1997

Cendrillon
Ivrea, 1990
Zoé, « MiniZoé », nº 67, 2006

Le Brigand
Gallimard, 1994
et « Folio », nº 2900

Sur quelques-uns et sur lui-même
Gallimard, 1994

Rêveries et autres petites proses
Le Passeur, 1996
et L'Aire, 1998

La Dame blanche et autres petites proses
Ulysse-Fin de siècle, 1999

Retour dans la neige : proses brèves 1
Zoé, 1999
et « Points », nº 1524, 2006

Marie
Le Rocher, 1999

Les Rédactions de Fritz Kocher
Gallimard, 1999

L'Étang
Zoé, 1999

Scènes dialoguées, vol.1 : Porcelaine
Zoé, 2000

Scènes dialoguées, vol. 2 : Cigogne et porc-épic
Zoé, 2000

Nouvelles du jour : proses brèves 2
Zoé, 2000

Blanche-Neige
Corti, 2002

L'homme qui ne remarquait rien
La Joie de lire, 2004

Petits Textes poétiques
Gallimard, 2005

Seeland
Zoé, 2006

Le Territoire du crayon : proses des microgrammes
Zoé, 2006

Histoire d'images
Zoé, 2006

Morceaux de prose
Zoé, 2008

Poèmes
Zoé, 2008

RÉALISATION : I.G.S.-C.P. À L'ISLE-D'ESPAGNAC
IMPRESSION : NORMANDIE ROTO IMPRESSION S.A.S. À LONRAI
DÉPÔT LÉGAL : FÉVRIER 2010. N° 101718 (100273)
IMPRIMÉ EN FRANCE

Collection Points Signatures

P1856. Le Jardin de ciment, *Ian McEwan*
P1857. L'Obsédé (L'Amateur), *John Fowles*
P1858. Moustiques, *William Faulkner*
P1859. Givre et Sang, *John Cowper Powys*
P1860. Le Bon Vieux et la Belle Enfant, *Italo Svevo*
P1924. Bright Lights, Big City, *Jay McInerney*
P1925. À la merci d'un courant violent, *Henry Roth*
P1926. Un rocher sur l'Hudson, *Henry Roth*
P1927. L'amour fait mal, *William Boyd*
P2081. G., *John Berger*
P2082. Sombre comme la tombe où repose mon ami
Malcolm Lowry
P2083. Le Pressentiment, *Emmanuel Bove*
P2084. L'Art du roman, *Virginia Woolf*
P2133. Le Saule, *Hubert Selby Jr*
P2134. Les Européens, *Henry James*
P2182. Héros et Tombes, *Ernesto Sabato*
P2183. Teresa l'après-midi, *Juan Marsé*
P2236. Badenheim 1939, *Aharon Appelfeld*
P2237. Le Goût sucré des pommes sauvages, *Wallace Stegner*
P2278. Le Radeau de pierre, *José Saramago*
P2279. Contre-jour, *Thomas Pynchon*
P2340. Vie de poète, *Robert Walser*
P2341. Sister Carrie, *Theodore Dreiser*
P2342. Le Fil du rasoir, *William Somerset Maugham*

Collection Points

DERNIERS TITRES PARUS

P2159. Toujours L.A., *Bruce Wagner*
P2160. C'est la vie, *Ron Hansen*
P2161. Groom, *François Vallejo*
P2162. Les Démons de Dexter, *Jeff Lindsay*
P2163. Journal 1942-1944, *Hélène Berr*
P2164. Journal 1942-1944 (édition scolaire), *Hélène Berr*
P2165. Pura vida. Vie et Mort de William Walker, *Patrick Deville*
P2166. Terroriste, *John Updike*
P2167. Le Chien de Dieu, *Patrick Bard*
P2168. La Trace, *Richard Collasse*
P2169. L'Homme du lac, *Arnaldur Indridason*
P2170. Et que justice soit faite, *Michael Koryta*
P2171. Le Dernier des Weynfeldt, *Martin Suter*
P2172. Le Noir qui marche à pied, *Louis-Ferdinand Despreez*
P2173. Abysses, *Frank Schätzing*
P2174. L'Audace d'espérer. Un nouveau rêve américain *Barack Obama*
P2175. Une Mercedes blanche avec des ailerons, *James Hawes*
P2176. La Fin des mystères, *Scarlett Thomas*
P2177. La Mémoire neuve, *Jérôme Lambert*
P2178. Méli-vélo. Abécédaire amoureux du vélo, *Paul Fournel*
P2179. Le Prince des braqueurs, *Chuck Hogan*
P2180. Corsaires du Levant, *Arturo Pérez-Reverte*
P2181. Mort sur liste d'attente, *Veit Heinichen*
P2182. Héros et Tombes, *Ernesto Sabato*
P2183. Teresa l'après-midi, *Juan Marsé*
P2184. Titus errant. La Trilogie de Gormenghast, 3 *Mervyn Peake*
P2185. Julie & Julia. Sexe, blog et bœuf bourguignon *Julie Powell*
P2186. Le Violon d'Hitler, *Igal Shamir*
P2187. La mère qui voulait être femme, *Maryse Wolinski*
P2188. Le Maître d'amour, *Maryse Wolinski*
P2189. Les Oiseaux de Bangkok, *Manuel Vázquez Montalbán*
P2190. Intérieur Sud, *Bertrand Visage*
P2191. L'homme qui voulait voir Mahona, *Henri Gougaud*
P2192. Écorces de sang, *Tana French*
P2193. Café Lovely, *Rattawut Lapcharoensap*
P2194. Vous ne me connaissez pas, *Joyce Carol Oates*
P2195. La Fortune de l'homme et autres nouvelles, *Anne Brochet*

P2196. L'Été le plus chaud, *Zsuzsa Bánk*
P2197. Ce que je sais… Un magnifique désastre 1988-1995. Mémoires 2, *Charles Pasqua*
P2198. Ambre, vol. 1, *Kathleen Winsor*
P2199. Ambre, vol. 2, *Kathleen Winsor*
P2200. Mauvaises Nouvelles des étoiles, *Serge Gainsbourg*
P2201. Jour de souffrance, *Catherine Millet*
P2202. Le Marché des amants, *Christine Angot*
P2203. L'État des lieux, *Richard Ford*
P2204. Le Roi de Kahel, *Tierno Monénembo*
P2205. Fugitives, *Alice Munro*
P2206. La Beauté du monde, *Michel Le Bris*
P2207. La Traversée du Mozambique par temps calme *Patrice Pluyette*
P2208. Ailleurs, *Julia Leigh*
P2209. Un diamant brut, *Yvette Szczupak-Thomas*
P2210. Trans, *Pavel Hak*
P2211. Peut-être une histoire d'amour, *Martin Page*
P2212. Peuls, *Tierno Monénembo*
P2214. Le Cas Sonderberg, *Elie Wiesel*
P2215. Fureur assassine, *Jonathan Kellerman*
P2216. Misterioso, *Arne Dahl*
P2217. Shotgun Alley, *Andrew Klavan*
P2218. Déjanté, *Hugo Hamilton*
P2219. La Récup, *Jean-Bernard Pouy*
P2221. Les Accommodements raisonnables, *Jean-Paul Dubois*
P2222. Les Confessions de Max Tivoli, *Andrew Sean Greer*
P2223. Le pays qui vient de loin, *André Bucher*
P2224. Le Supplice du santal, *Mo Yan*
P2225. La Véranda, *Robert Alexis*
P2226. Je ne sais rien… mais je dirai (presque) tout, *Yves Bertrand*
P2227. Un homme très recherché, *John le Carré*
P2228. Le Correspondant étranger, *Alan Furst*
P2229. Brandebourg, *Henry Porter*
P2230. J'ai vécu 1 000 ans, *Mariolina Venezia*
P2231. La Conquistadora, *Eduardo Manet*
P2232. La Sagesse des fous, *Einar Karason*
P2233. Un chasseur de lions, *Olivier Rolin*
P2234. Poésie des troubadours. Anthologie, *Henri Gougaud (dir.)*
P2235. Chacun vient avec son silence. Anthologie *Jean Cayrol*
P2236. Badenheim 1939, *Aharon Appelfeld*
P2237. Le Goût sucré des pommes sauvages, *Wallace Stegner*
P2238. Un mot pour un autre, *Rémi Bertrand*

P2239. Le Bêtisier de la langue française, *Claude Gagnière*
P2240. Esclavage et Colonies, *G. J. Danton et L. P. Dufay, L. Sédar Senghor, C. Taubira*
P2241. Race et Nation, *M. L. King, E. Renan*
P2242. Face à la crise, *B. Obama, F. D. Roosevelt*
P2243. Face à la guerre, *W. Churchill, général de Gaulle*
P2244. La Non-Violence, *Mahatma Gandhi, Dalaï Lama*
P2245. La Peine de mort, *R. Badinter, M. Barrès*
P2246. Avortement et Contraception, *S. Veil, L. Neuwirth*
P2247. Les Casseurs et l'Insécurité *F. Mitterrand et M. Rocard, N. Sarkozy*
P2248. La Mère de ma mère, *Vanessa Schneider*
P2249. De la vie dans son art, de l'art dans sa vie *Anny Duperey et Nina Vidrovitch*
P2250. Desproges en petits morceaux. Les meilleures citations *Pierre Desproges*
P2251. Dexter I, II, III, *Jeff Lindsay*
P2252. God's pocket, *Pete Dexter*
P2253. En effeuillant Baudelaire, *Ken Bruen*
P2254. Meurtres en bleu marine, *C.J. Box*
P2255. Le Dresseur d'insectes, *Arni Thorarinsson*
P2256. La Saison des massacres, *Giancarlo de Cataldo*
P2257. Évitez le divan Petit guide à l'usage de ceux qui tiennent à leurs symptômes *Philippe Grimbert*
P2258. La Chambre de Mariana, *Aharon Appelfeld*
P2259. La Montagne en sucre, *Wallace Stegner*
P2260. Un jour de colère, *Arturo Pérez-Reverte*
P2261. Le Roi transparent, *Rosa Montero*
P2262. Le Syndrome d'Ulysse, *Santiago Gamboa*
P2263. Catholique anonyme, *Thierry Bizot*
P2264. Le Jour et l'Heure, *Guy Bedos*
P2265. Le Parlement des fées I. L'Orée des bois, *John Crowley*
P2266. Le Parlement des fées II. L'Art de la mémoire, *John Crowley*
P2267. Best-of Sarko, *Plantu*
P2268. 99 Mots et Expressions à foutre à la poubelle *Jean-Loup Chiflet*
P2269. Le Baleinié. Dictionnaire des tracas *Christine Murillo, Jean-Claude Leguay, Grégoire Œstermann*
P2270. Couverture dangereuse, *Philippe Le Roy*
P2271. Quatre Jours avant Noël, *Donald Harstad*

P2272. Petite Bombe noire, *Christopher Brookmyre*
P2273. Journal d'une année noire, *J.M. Coetzee*
P2274. Faites vous-même votre malheur, *Paul Watzlawick*
P2275. Paysans, *Raymond Depardon*
P2276. Homicide special, *Miles Corwin*
P2277. Mort d'un Chinois à La Havane, *Leonardo Padura*
P2278. Le Radeau de pierre, *José Saramago*
P2279. Contre-jour, *Thomas Pynchon*
P2280. Trick Baby, *Iceberg Slim*
P2281. Perdre est une question de méthode, *Santiago Gamboa*
P2282. Le Rocher de Montmartre, *Joanne Harris*
P2283. L'Enfant du Jeudi noir, *Alejandro Jodorowsky*
P2284. Lui, *Patrick Besson*
P2285. Tarabas, *Joseph Roth*
P2286. Le Cycliste de San Cristobal, *Antonio Skármeta*
P2287. Récit des temps perdus, *Aris Fakinos*
P2288. L'Art délicat du deuil
Les nouvelles enquêtes du juge Ti (vol. 7)
Frédéric Lenormand
P2289. Ceux qu'on aime, *Steve Mosby*
P2290. Lemmer, l'invisible, *Deon Meyer*
P2291. Requiem pour une cité de verre, *Donna Leon*
P2292. La Fille du Samouraï, *Dominique Sylvain*
P2293. Le Bal des débris, *Thierry Jonquet*
P2294. Beltenebros, *Antonio Muñoz Molina*
P2295. Le Bison de la nuit, *Guillermo Arriaga*
P2296. Le Livre noir des serial killers, *Stéphane Bourgoin*
P2297. Une tombe accueillante, *Michael Koryta*
P2298. Roldán, ni mort ni vif, *Manuel Vásquez Montalbán*
P2299. Le Petit Frère, *Manuel Vásquez Montalbán*
P2300. Poussière d'os, *Simon Beckett*
P2301. Le Cerveau de Kennedy, *Henning Mankell*
P2302. Jusque-là… tout allait bien !, *Stéphane Guillon*
P2303. Une parfaite journée parfaite, *Martin Page*
P2304. Corps volatils, *Jakuta Alikavazovic*
P2305. De l'art de prendre la balle au bond
Précis de mécanique gestuelle et spirituelle
Denis Grozdanovitch
P2306. Regarde la vague, *François Emmanuel*
P2307. Des vents contraires, *Olivier Adam*
P2308. Le Septième Voile, *Juan Manuel de Prada*
P2309. Mots d'amour secrets.
100 lettres à décoder pour amants polissons
Jacques Perry-Salkow, Frédéric Schmitter

P2310. Carnets d'un vieil amoureux, *Marcel Mathiot*
P2311. L'Enfer de Matignon, *Raphaëlle Bacqué*
P2312. Un État dans l'État. Le contre-pouvoir maçonnique *Sophie Coignard*
P2313. Les Femelles, *Joyce Carol Oates*
P2314. Ce que je suis en réalité demeure inconnu *Virginia Woolf*
P2315. Luz ou le temps sauvage, *Elsa Osorio*
P2316. Le Voyage des grands hommes, *François Vallejo*
P2317. Black Bazar, *Alain Mabanckou*
P2318. Les Crapauds-brousse, *Tierno Monénembo*
P2319. L'Anté-peuple, *Sony Labou Tansi*
P2320. Anthologie de Poésie africaine, Six poètes d'Afrique francophone, *Alain Mabanckou (dir.)*
P2321. La Malédiction du lamentin, *Moussa Konaté*
P2323. L'Histoire d'un mariage, *Andrew Sean Greer*
P2324. Gentlemen, *Klas Östergren*
P2325. La Belle aux oranges, *Jostein Gaarder*
P2326. Bienvenue à Egypt Farm, *Rachel Cusk*
P2327. Plage de Manacorra, 16h30, *Philippe Jaenada*
P2328. La Vie d'un homme inconnu, *Andreï Makine*
P2329. L'Invité, *Hwang Sok-yong*
P2330. Petit Abécédaire de culture générale 40 mots-clés passés au microscope, *Albert Jacquard*
P2331. La Grande Histoire des codes secrets, *Laurent Joffrin*
P2332. La Fin de la folie, *Jorge Volpi*
P2333. Le Transfuge, *Robert Littell*
P2334. J'ai entendu pleurer la forêt, *Françoise Perriot*
P2335. Nos grand-mères savaient Petit dictionnaire des plantes qui guérissent, *Jean Palaiseul*
P2336. Journée d'un opritchnik, *Vladimir Sorokine*
P2337. Cette France qu'on oublie d'aimer, *Andreï Makine*
P2338. La Servante insoumise, *Jane Harris*
P2339. Le Vrai Canard, *Karl Laske, Laurent Valdiguié*
P2340. Vie de poète, *Robert Walser*
P2341. Sister Carrie, *Theodore Dreiser*
P2342. Le Fil du rasoir, *William Somerset Maugham*
P2343. Anthologie. Du rouge aux lèvres. Haïjin japonaises. Haïkus de poétesses japonaises du Moyen Age à nos jours
P2344. Poèmes choisis, *Marceline Desbordes-Valmore*
P2345. « Je souffre trop, je t'aime trop », Passions d'écrivains *sous la direction de Patrick et Olivier Poivre d'Arvor*
P2346. « Faut-il brûler ce livre ? », Écrivains en procès *sous la direction de Patrick et Olivier Poivre d'Arvor*